Izabela
Sowa
Zielone jabłuszko

Polecamy:

Grażyna Bąkiewicz
O melba!
Stan podgorączkowy
Będę u Klary

Katarzyna Grochola
Upoważnienie do szczęścia

Marek Harny
Lekcja miłości

Manula Kalicka
Szczęście za progiem

Katarzyna Leżeńska
Ależ Marianno!

Katarzyna Leżeńska, Ewa Millies-Lacroix
Z całego serca

Krystyna Lubelska
Miłość w stanie wyższej konieczności

Teresa Lubkiewicz-Urbanowicz
Boża podszewka

Irena Matuszkiewicz
Agencja Złamanych Serc
Gry nie tylko miłosne
Dziewczyny do wynajęcia
Salonowe życie

Iwona Menzel
W poszukiwaniu zapachu snów
Zatańczyć czeczotkę

Zofia Mossakowska
Portrety na porcelanie

Beata Pawlak
Aniołek

Izabela Sowa
Smak świeżych malin
Cierpkość wiśni
Herbatniki z jagodami

Dominika Stec
Mężczyzna do towarzystwa
Kobieca intuicja

Monika Szwaja
Jestem nudziarą
Romans na receptę
Zapiski stanu poważnego
Stateczna i postrzelona

Janusz L. Wiśniewski
Zespoły napięć

Izabela
Sowa

Zielone jabłuszko

literatura
na obcasach

Wydawca:

G + J Gruner + Jahr Polska Sp. z o.o. & Co. Spółka Komandytowa

02-677 Warszawa, ul. Wynalazek 4

Dział dystrybucji:

tel. 022 607 02 49 (50)

dystrybucja@gjpoland.com.pl

Informacje o serii „Literatura na obcasach":

tel. 022 640 07 19 (20)

strona internetowa: www.literatura.bizz.pl

Redakcja: Jan Koźbiel

Korekta: Mariola Będkowska

Projekt okładki: Anna Angerman, Wioletta Wiśniewska

Redakcja techniczna: Elżbieta Urbańska

Łamanie: Liwia Drubkowska

ISBN: 83-60376-45-X

– Jest wieprzowina?
– Nie ma.
– A cielęcina?
– Nie ma.
– A wołowina jest?
– Nie ma.
– To co jest?
– Otwarte do osiemnastej.

177 notowanie Listy przebojów

Ale się dzisiaj wydarzyło! Rano upolowałam dwa plakaty Sandry. Po obiedzie wpadł Bolek i przyniósł półtorej tafelki sezamka. Kulinarna rozpusta! No a wieczorem, po dzienniku, przyszła do nas Matka Boska. Słuchałam właśnie listy. U2 na szesnastym. Skoczyło znowu, o trzy oczka! Podkręcam swojego kasprzaka na maksa, ryczę do dezodorantu razem z Bono i właśnie wtedy, jak na złość, do kuchni wparowuje Drożdżakowa. Stanęłyśmy zziajane naprzeciw siebie, a ta zaczyna lamentować jak zawsze, tylko trochę bardziej. Że koniec świata! Że Łojezusieńku, teraz to nas Amerykany na pewno spalą!

– Na szary popiół! Tylko patrzeć, jak lecą!

– Co się stało, pani Gieniu? – zapytała spokojnie babcia, nie przestając mieszać krupniku.

– Maryja do nas przyszła!

– Na piechotę przyszła? I gdzie się zatrzymała? Na plebanii?

– Nie, u Widerskich na szybie.

– To nie przyszła, tylko wysłała swoje zdjęcie – poprawiła babcia Drożdżakową, dorzucając kilka bryłek węgla do pieca. – Jesteście pewni, że to Ona, a nie plama z oleju Liliany Czystej?

– Na początku Widerska też tak myślała. Że Czystej znowu zlewu się nie chciało myć i chlusnęła starym olejem przez okno. Wściekła chyciła za szczotkę i drapie. A tu nic, pani Kropelkowa. To poczłapała na górę i woła Czystą, żeby obejrzała szkody. Czysta zeszła, zerknęła na szybę i od razu na kolana. Widerska na to, że przeprosiny przyjęte, tylko niech jej więcej nie leje rzepakowym po oknach, bo wiadomo, jak dzisiej trudno o płyn do mycia naczyń. W darach też nie zawsze się trafi.

7

– A co na to Czysta?

– Tylko dwa słowa rzekła: „Łomatko Boska". I wtedy Widerska też Ją zobaczyła: postać w tęczowej sukni. Ale nie była pewna, czy to nie robota milicjantów.

– A jak by tam weszli, skoro nawet tym od remontów się nie udaje?

– Jak zechcą, to potrafią, łobuzy. Nie takie rzeczy zmalowali. I ja Widerską rozumiem, że szukała pomocy eksperta. Narzuciła podomkę i pognała na plebanię, po księdza proboszcza. Niech on rozstrzygnie: Maryja czy prowokacja.

– No i? – dopytywała się babcia. – Rozpoznał?

– Rozpoznał, pani Kropelkowa! Matkę Boską Podkarpacką, Niebieską Pocieszycielkę Udręczonego Niewolą i Kryzysem Narodu! Od razu wyznaczył dyżury przy obrazie. Wy z Anią macie od pół do dziesiątej, ale trzeba przyjść wcześniej, żeby pobrać z zakrystii świece. Dlatego przybiegłam! Co to? Deep Purple spadło? – Drożdżakowa złapała się za głowę. – No nie mówiłam, że źle się zaczyna dziać? Nawet i na liście!

– Nie można wziąć swoich świec? – próbowała wrócić do tematu babcia.

– Nie, bo te z zakrystii są skuteczniejsze przy modlitwach błagalnych. Ale ja czuję, pani Kropelkowa, że to i tak nic nie da! Będzie wojna! Albo, co gorsza, całkiem sklepy pozamykają i wszystkie pomrzemy z głodu! Taki znak to nic dobrego! Łomójboże, że to się musiało u nas pojawić, a nie w Dziadowicach za rzeką!

– Jak Amerykany rzucą bombę, to ich też spali, pani Gieniu – pocieszyła ją babcia. – No nic, rozkaz padł, trzeba iść na dyżur.

I znowu nie posłucham listy do końca. Drugi raz w tym roku! Zgroza. Oj, chyba zacznę żałować, że Maryja nie wylądowała w Dziadowicach.

*

Poszłyśmy, uzbrojone w półmetrowe gromnice z zakrystii. Ogromnice raczej. Ponury gierkowski czternastoklatkowiec przy ulicy Lenina. Piąta klatka, trzecie piętro po lewej. Kuchenne okno z zepsutym lufcikiem i tęczową plamą w kształcie matrioszki. Dlaczego ukazała się właśnie tu, a nie trzy bloki dalej? Albo w Dziadowicach za rzeką?

8

– Dlaczego właśnie u mnie? – zastanawia się Widerska, poprawiając rozchełstany frotowy szlafrok z paczki. – Przecież nie jestem jakaś wyjątkowa. Ani święta... – rzuca nieśmiało, czekając, aż zaprzeczymy. – Wprawdzie chodzę na msze, na wszystkie różańce, majówki i drogi krzyżowe też...

– Polemizowałbym – wtrącił ksiądz proboszcz. – O, na przykład cztery miesiące temu... – Zajrzał do swojego dzienniczka parafian. – Proszę: „Nieobecność na sumie". A wiosną opuściliście dwa razy gorzkie żale.

– Wszystko odrobiłam w majówkach – odparowała błyskawicznie Widerska i wróciła do rozważań na temat swojej potencjalnej świętości: – Więc na nabożeństwa chodzę, do spowiedzi, na ofiarę daję...

– Ale skromniutko, skromniutko. A przecież przypominam co niedziela, że pieniądz powinien szeleścić, nie brzęczeć o tacę jak dziadowski grosz. Tylko że wy, ludziska, nie słuchacie ogłoszeń parafialnych. Ledwo taki Komunię łyknie i już pędzi na pierogi z serem. Oj, będę ja się musiał zabrać za porządki od adwentu, bo zaczyna mnie to złościć.

– Najlepiej zamykać kościół i wypuszczać parafian dopiero po pieśniach – podpowiedziała siostra Bożena, jak zawsze zwarta i gotowa.

– Pomyślimy, pomyślimy. Wracając zaś do Wizyty, to moim skromnym zdaniem – odchrząknął – Niebieska Pocieszycielka Udręczonego Niewolą i Kryzysem Narodu nie bez kozery przybyła właśnie tu, do bajklandii. Chciała nam pokazać, że jesteśmy wybrani.

– Wybrani do czego? – zainteresował się Bolek.

– Tego jeszcze nie wiemy – przyznał ksiądz, a potem zręcznie zmienił temat na swój ulubiony: – No a poza tym ta przypadkowa, całkowicie niezaplanowana Wizyta ma jeszcze jeden cel: ma nam przypomnieć o znaku.

ZNAK

Zegar stanął nagle osiem lat temu, dwadzieścia po czwartej. Nie zatrzymał się na symbolicznej za dziesięć trzynasta, tylko tak jakoś bez sensu. „Jak zwykle w bajklandii" – podsumował Bolek.

„Łomójboże, coś się stanie!" – Drożdżakowa złapała się za serce. Ale większość mieszkańców zareagowała zwyczajnym zdziwieniem: „Jaki zegar? To on w ogóle chodził?". „Tak, chodził i stanął" – powiadomił wszystkich proboszcz Antoni. I dodał, że nie bez powodu stanął właśnie wtedy. Bo to pozornie przypadkowe, szare i nijakie dwajścia po czwartej ma nam przypominać, że koniec świata zdarzy się wtedy, kiedy nikt nie będzie się go spodziewał. Ludzie właśnie wrócili z kumbinatu. Zdjęli szydełkowe berety i dojadają żur z kartoflami. Zaraz na stół wjedzie schabowy z kapuchą kiszoną. A tu alarm. Prosimy wszystkich o opuszczenie mieszkań. Nie, nie trzeba brać prowiantu, nie będzie potrzebny. Za pięć minut zbiórka na rynku przed wieżą. Dobrzy parafianie mają się ustawić za siostrą Bożeną. I równym krokiem, z pieśnią na ustach, maszerujemy w stronę niebieskiej drabiny. A łobuzy, takie jak Kropelka? Do piwnicy Makarewicza, stamtąd schodkami w dół do upapranej sadzą sali, gdzie już czekają kadzie pełne pierwszorzędnej tarnobrzeskiej siarki. I nie ma tłumaczenia, że ja, Wysoki Sądzie, to chciałem poczekać z dobrymi uczynkami do zmierzchu, jak niewidzialna ręka z telewizora. Na dobre uczynki już za późno.

– Dlatego musimy być czujni. Szczególnie wtedy, gdy nic się nie dzieje! – zagrzmiał ksiądz Antoni, zapalając stearynową ogromnicę. – I poprawcie się, ludziska, bo będzie kiedyś zgrzytanie zębów!

– Ale przecież – wtrąciłam – ksiądz proboszcz rozpoznał Niebieską Pocieszycielkę Udręczonego Kryzysem Narodu.

– Niewolą i Kryzysem – poprawił. – Zgadza się, rozpoznałem. I co z tego, Kropelkówna?

– Więc chyba powinna nas wspierać na duchu, a nie straszyć. My już i tak mamy wystarczająco dużo lęków w bajklandii. To nie fair, żeby Pocieszycielka dokładała nam kolejne.

178

No i dostałam za swoje. Sprzątanie zakrystii plus dwa różańce. Ale i tak uważam, że mam rację. Gdyby Bóg chciał nas ostrzec, to by wysłał Matkę Boską Strapioną Bezczelnością Jawnogrzeszników. Albo nawet Maryję ze Zmarszczonymi Brwiami, taką samą, jaka się pojawiła w Komitecie Wojewódzkim. Tyle że tam od razu sobie z nią poradzili, wymieniając szybę. A do nas przyszła Pocieszycielka, co oznacza, że nikt tu nikogo straszyć nie będzie. Ale oczywiście proboszcz Antoni nigdy nie przyzna mi racji. Tylko od razu bura i „sprzątanie zakrystii".

– I żeby chociaż poszło o poważne sprawy – poskarżyłam się siostrze Bożenie, szorując ryżową szczotką sinobiałe lilie z plastiku. – Ale gdzie tam! Wystarczy bzdura i już.

Jak w siódmej klasie, kiedy przed bierzmowaniem pisaliśmy egzamin. Mnie dostał się temat: „Chcę być podobny do Chrystusa". Napisałam, że w zasadzie to już jestem. I wyliczyłam kilka podobieństw. Identyczne fryzury, duże dłonie i bardzo młode matki, które uwielbiają ubierać się na niebiesko. Co jeszcze? Oboje z Jezusem brzydzimy się węży, za to lubimy łowić ryby, tyle że ja swoje wypuszczam z powrotem na wolność. No i każde jest jedynakiem. Ksiądz zerknął na moją kartkę, spurpurowiał i od razu burza z piorunami. A ja tylko chciałam, żeby miał odrobinę rozrywki, kiedy tak siedzi samotny w konfesjonale i z nudów czyta nasze prace.

– Po prostu nadajemy na innych falach – ciągnęłam. – Albo komuś tu brakuje dystansu. I poczucia humoru.

Siostrze Bożenie na pewno, bo zaraz pobiegła z donosem.

– Rozdzielanie paczek, dziś o piątej – rzuciła z satysfakcją i zabrała się za odkurzanie figury Jezusa Miłosiernego.

No, teraz to już ksiądz przesadził. Przecież wie, jak nienawidzę stać przy paczkach! Nienawidzę, bo to prawdziwy koszmar! Wystarczy popatrzeć na tych, co przyszli po dary. Długaśna kolejka szarych postaci ze spuszczonymi głowami. Tu nie ma przepychanek ani wciskania się na siłę, jak w sklepie. Nie ma kłótni o to, że Kowalska dostała lepszy kawałek, a Malinowski robi już trzecią rundę z siatami. Tu nie walczysz o swoje, tu dostajesz dary. Dary, które ci przypominają o twoim miejscu we wszechświecie. A także o burej rzeczywistości za oknem i we własnej lodówce. Nic dziwnego, że wszyscy milczą, patrząc w dół, na swoje niewypastowane buty. Każdy podchodzi do stołu, za którym siostra Bożena rozdziela skarby.

– Nazwisko.

– ...mbski – szepcze postać, już nie szara, tylko czerwona ze wstydu, że musi się aż tak obnażać. Jakby nie wystarczyło, że przyszła po nie swoje.

– Jak? Kowalski? Marek czy Jacek? Ania, zapisz – poleca siostra. – Adres? Wandy Wasilewskiej siedemnaście przez ile!?

– Ja potem uzupełnię – przerywam upokarzające przesłuchanie. Czy siostra Bożena niczego nie dostrzega? Podobno umie wychwycić wzrokiem wszystkie nasze grzechy, a już na pewno mikroskopijny łupież na barkach proboszcza, za to nie widzi, jak stojący przed nią człowiek kurczy się w sekundę o pół metra.

– Tylko na pewno zapisz. Nasz kochany ksiądz proboszcz nie znosi bałaganu – przypomina i z ogromnego pudła wyjmuje jak zawsze: puszkę kawy, dwa mydła, jedną czekoladę, paczkę makaronu i drugą – mniejszą – ryżu oraz kawałek solonej margaryny. A czasem parę spranych bluz, płyn do kąpieli i woskowe kredki. Kowalski zbiera wszystko drżącą ze zdenerwowania ręką. A potem mówi to, co każdy: – Przepraszam.

– Nie ma za co – odpowiada siostra Bożena i woła następnego. – Nazwisko! Jak?

Dlatego nie cierpię stać przy darach. Na szczęście dziś poszło szybciej. Mniej ludzi, a ci, co się stawili, jakby mniej się czerwienią. Rutyna.

– Weź sobie, Kropelkówna, co ci tam pasuje – rzuca ksiądz.

– Nie chcę, dzięki. – Nie będę paradować po mieście z darami. A poza tym większości tych rzeczy zwyczajnie nie da się jeść. Raz się skusiłam i pozwoliłam sobie wcisnąć kilka kolorowych pudełek. Makaron wylądował w misce Dziurawca, margaryna w placku Drożdżakowej, a reszta w jej przepastnej lodówce. I tkwi tam do dziś, bo nawet Drożdżak nie potrafi się przemóc. – Wiem, że nasze żarcie bywa różne...

– Różne? – parsknął proboszcz. – Szczytem nietaktu w Polsce jest powiedzieć komuś „smacznego!" Mam wrażenie, że do wszystkiego dosypują proszku Ixi i trocin.

Owszem, ale to nasze trociny. Oswojone, przetrawione, swojskie. A tamte w kolorowych pudłach – obce. I zawsze zostaje strach, że nasze naiwne, socjalistyczne jelita nie potrafią sprostać kapitalistycznym wynalazkom.

– No weź. Zasłużyłaś.

– Nie potrzebuję. Mama mi wysyła.

– Wysyła, wysyła. Zmyślać to możesz w klasie, a wiemy, że ostatnią paczkę dostałaś na Wielkanoc.

– I wystarczy – odburknęłam. – Niech ksiądz rozda tym, co potrzebują. Na przykład wielodzietnym. Jedynacy zawsze sobie poradzą. Taki Jezus na przykład...

– Znowu zaczynasz? Proboszcz zmarszczył brwi. No to trafiłam w czuły punkt. Jedynacy. Chętnie bym się podroczyła z proboszczem, ale za chwilę mam listę i koniecznie muszę się dowiedzieć, jak sobie radzi U2. Dyskusję o jedynakach zostawię na któryś z nudnych jesiennych wieczorów. A teraz? Mały strzał, żeby utrzymać nerwy proboszcza w gotowości.

– A siostra Bożena też nie ma rodzeństwa! – rzuciłam, stojąc w progu. I zaraz zwiałam, zanim proboszcz zdążył wymyślić odpowiednio surową karę.

179

– A ty jak myślisz, czemu przyszła?

Słuchamy z Bolkiem listy, zastanawiając się nad wizytą Po-
cieszycielki. Wszyscy w bajklandii już zapomnieli o Maryi. Nawet Widerska przestała się przejmować i szoruje szybę jak dawniej. Ale nam ta wizyta nie daje spokoju. Bo przecież do
bajklandii nikt nie chce przyjeżdżać. Nawet Izaura ominęła naszą dziurę. I Leoncio też, choć wiedział, że tu ma najwięcej wą-
satych fanów.

Drożdżakowa uważa, że na pewno zdarzy się straszne nieszczę-
ście. Dlatego Maryja zjawiła się wcześniej, żeby już rozpocząć
misję pocieszania. Bo potem, jak huknie, nie będzie czasu.

– Ale Ona ma nas pocieszać z powodu kryzysu – przypomniałam. – I niewoli.

– E tam, do tego to już każdy przywyk. – Machnęła ręką i poszła do siebie, szykować sagan pierogów dla Drożdżaka.

Powiem ci, że Drożdżakowa trochę racji ma. Jeszcze dwa lata
temu ludziom się chciało urządzać pyskówki z powodu nieświe-
żego ochłapu albo stęchłej inki. A teraz? Trafiła się chabanina?
Trudno. Widocznie tak musiało być. Pustki w sklepach, ciepła
woda o czwartej nad ranem, buty na kartki. Co tam buty. Prawie
wszystko na kartki lub talony. Dwudziesty stopień zasilania
i kłamstwa, bezczelne, wypowiadane z uśmiechem na ustach.
O tym, że jest gorzej, ale w zasadzie to znacznie lepiej. Że pro-
dukcja spadła, ale jednak wzrosła. Że są strajki, których tak naprawdę nie ma. Że brak szynki, ale szynka niezdrowa. Że jest
czarno, ale już niedługo spadnie bieluśki śnieg. Tak miało być.

– No bo ile można się pienić o to samo – rzucił Bolek. – To tylko mojej mamie się nie nudzi.

Zdaniem babci wizyta to znak, żeby pomóc kolejnym potrzebującym. Za to dziadek nie wierzy w ekspertyzę księdza.

– Maryja nie musi się zniżać do takich jarmarcznych sztuczek – mruknął i wyszedł nakarmić koty.

A Drożdżak? Tego, co myśli Drożdżak, na pewno ci nie napiszę. Zaczyna się niewinnie, od słów nadziei: „Może wreszcie Maryja zrobi za nas porządek. Bo w tym cholernym KC..." – i tu następuje fala przekleństw tak sążnistych, że po wypowiedzi Drożdżaka trzeba ścierać krew z podłogi. Za to prababcia cieszy się z wizyty jak przedszkolak z odwiedzin Mikołaja. I z podziwu nie może wyjść, że Maryi chciało się taki kawał drogi dreptać.

– Co prawda za rok, dwa i tak byśmy się zobaczyły, ale zawsze to miło, jak Góra przyjdzie do szarego obywatela.

A ja? Ja myślę, że coś się zmieni. Nie wiem, czy dookoła nas się zmieni, bo w to nikt już nie wierzy. Ale może w nas samych coś drgnie. I jak kiedyś będziemy czekać, nie tylko na cud.

– Przydałoby się – westchnął Bolek. – Bo teraz? Teraz to my nie czekamy nawet na pershingi.

Tego akurat mi nie szkoda, powiem ci. Wystarczy, że przez ponad dwa lata umierałam ze strachu, słysząc syreny alarmowe. Zanim dotarło do mnie, że to tylko próba, zdążyłam przewinąć z dziesięć razy krótką rolkę z filmem swojego życia. „To już wszystko? Tylko tyle?" – myślałam, zaciskając dłonie tak mocno, że pazury wbijały mi się w skórę. „Przecież ja się nie zdążyłam nawet porządnie rozpędzić! Nie chcę, nie chcę, nie chcę!". I właśnie wtedy rozlegał się długi ciągły, czyli odwołanie. Wszyscy w klasie oddychali z ulgą.

Po kilkuset próbnych alarmach przywykliśmy. I przestaliśmy się bać tak, jak na początku. A kiedy Kojak zaczął nam urządzać lekcje przetrwania, przestaliśmy się bać w ogóle.

LEKCJA PRZETRWANIA

– Siedzisz sobie, panie, w chałupie i gapisz się bezmyślnie na meblościankę, co ją twoi rodzice wywalczyli w Eleganciе trzy lata temu. Albo na przeboje Dwójki, na tę no, Sabrinę z ogromnymi piersiami. Rozpinasz już rozporek, a tu nagle rozlega się syrena. Trzyminutowy dźwięk modulowany. Wszystko jasne: za chwilę będą tu pershingi. No i co, panie, robisz? Słucham, Domański.

– No więc...

– Nie zaczyna się zdania od „no więc", Domański. No więc co robisz, jak cię ten alarm przyłapie na nieudolnej próbie zgrzeszenia, hę? Po pierwsze zasuwasz rozporek. Po drugie wyglądasz przez okno, żeby sprawdzić, czy już lecą. Jak są blisko, to...?

– Chowamy się pod stół w jadalni, panie psorze – podpowiadają pierwsze ławki. – I nakrywamy grubym kocem.

– Ta, i zamykacie oczy, coby ich nie wypaliło podczas podmuchu – przytakuje nasz wychowawca Kojak, bawiąc się starą maską gazową. – I tak spali wam wszystko, łącznie z kocem, ale od czego nadzieja, nie? No, Domański, a załóżmy, że pershingów jeszcze nie ma. Tylko alarm słyszycie, to co?

– No to, to... zabieram zestaw awaryjny w postaci zapasów suchej żywności, termosu z herbatą, ciepłego ubrania, maski gazowej...

– Tak, tak – pogania go Kojak. – I jeszcze kapci zrobionych na szydełku. I koniecznie szczotki z dzika, żeby wam się nie nudziło w schronie, jak po ciemku będziecie czekać, aż się wojna imperiów skończy. Będziecie mogli poczochrać się po plecach. Kto nie ma szczotki, może zabrać wachlarz wietnamski z bambusa. Taki sam, jak rzucili do papierniczego w środę. Udało się kupić?

– Udało, panie psorze – odpowiadamy radosnym chórem.

– Mi też – chwali się Kojak, czyszcząc poślinionym palcem porysowane okulary maski. – Jeden różowy dla starszej, a w smoki dla mnie. Chciałem zabrać dla teściowej, ale dawali tylko po dwa. Dobra, wachlarz już mamy, szczotkę z dzika i kapcie z muliny też. Wór awaryjny spakowany... I co teraz, Domański? No?

– To... wtedy, wtedy, no to ten... – jąka się Domański, gryząc w skupieniu dolną wargę. Jeszcze chwila, a przetnie ją na wylot.

– Już wiem! – przypomina sobie. – To wyłączam gaz i prąd. I korki też w całym mieszkaniu. Potem zasuwam zasłony i...

– ...dzwonisz do rodziców, żeby im powiedzieć o alarmie, bo pewnie nie słyszeli – wtrąca Kojak, rozwijając lizaka z papierka.

– I jeszcze parzysz sobie kawkę z wczorajszych darów.

– Skąd pan profesor wie, że byłem na plebanii po dary? – pyta podenerwowany Domański.

– Bo też byłem. I się nie wstydzę. Jak dają, trzeba brać. Prawda, klaso?

– Prawda, panie psorze. My też chodzimy po paczki – odpowiadają pierwsze rzędy.

– Mi się w ostatniej trafił makaron w literki. Fikuśny, ale niedobry! Fu! – wzdryga się Kojak. – Biały i rozgotowany po trzech minutach. Starsza aż się popłakała, bo zagląda do gara po kwadransie, a tam krochmal. Ani śladu po literkach. A ta ich margaryna? Jakie to słone cholerstwo. Ale skoro dają...

– ...to trzeba brać, panie psorze – recytuje klasa.

– Bezwzględnie. Żeby się nie obrazili. Niech mają trochę radości z tej pomocy. No to, kolego – wraca do dręczenia Domańskiego – kawę już wypiłeś, korki wyłączone. I co teraz?

– Biorę worek i wychodzę. Po drodze dzwonię do sąsiadów, żeby też ich ostrzec.

– Ale wszystko spokojnie, bez pośpiechu i paniki. A potem wychodzicie przed blok i w tym momencie dosięga was fala uderzeniowa. Prawda jest taka, Domański, że słysząc alarm, powinniście wskakiwać w wehikuł czasu i zmykać. Najlepiej do plejstocenu, bo wtedy nikt o głupiej bombie atomowej nie słyszał. No, ale macie, panie, tę czwórkę, przecież nikt tu nie ocenia za inteligencję, tylko za znajomość podręczników.

– Dziękuję, panie psorze. – Domański ociera rękawem mundurka zroszone czoło.

– Nie ma za co, kolego Domański... A swoją drogą to może faktycznie nie warto się śpieszyć? Bo chyba lepiej zginąć we własnym M4 niż w obskurnym schronie.

180

Mamy jeden schron na dwadzieścia tysięcy ludzi. Tysiąc sekreta-
rzy, dyrektorów i ich rodzin ma osobny, wzmocniony, poza baj-
klandią. Bolek żartuje, że jest szansa, że do niego nie zdążą.
I wtedy byłby koniec z socjalizmem w naszym mieście.

— Jeśli coś takiego można nazwać miastem — dodał, ścierając
rozlaną kawę stopą w starej bawełnianej skarpetce.

Bo dla Bolka bajklandia to kawał wiochy. A życie w niej jest
jak kartkowe mięso. Złej jakości i za szybko się kończy. Zresztą
niech sam ci powie.

ŻYCIE W BAJKLANDII

Parę osiedli betonowych tasiemców, podzielonych na czterdzie-
stometrowe pudełka. W każdym po czworo Kowalskich, upchnię-
tych razem z ich rowerami, klamotami, przyrdzewiałą wanną, starą pralką i marzeniami o nowej. W sumie piętnaście tysięcy
ośmiuset Kowalskich. I prawie tyle samo rowerów, najważniej-
szego środka transportu w bajklandii. Rowerami Kowalscy do-
jeżdżają do szkoły i kombinatu, na różaniec i majówkę, a potem
na swoje lub cudze działki, gdzie zaopatrują się w pełne mikro-
elementów (dzięki pobliskiej elektrowni) warzywa. Rowerami
przywożą wywalczone w jednym z trzech supersamów kartkowe
frykasy. I odwożą do punktu skupu uzbieraną z trudem makula-
turę, którą wymienią na papier toaletowy. Wieczorem rowery lądują w identycznych, obskurnych (i zamykanych na pięć zam-

ków) piwnicach, a ich właściciele wracają do swoich pudełek. Tu jedzą, drzemią po obiedzie i zużywają papier makulaturowy. Albo gazety. Do północy czekają na ciepłą wodę, a potem usiłują zasnąć przy jednostajnym szumie telewizora Rubin. Rano zrywają się, przerażeni dźwiękiem radzieckiego budzika (który zawsze dzwoni o kwadrans za późno). Staczają z dziećmi krótką walkę o dostęp do mikroskopijnej łazienki, wypijają na stojąco dwie szklanki wrzącej lury. Spinają spinaczami do bielizny swoje rozkloszowane spodnie i pędzą do kombinatu. Tam przez osiem godzin prowadzą grę pozorów, kombinując, bo od tego są przecież kombinaty. Minutę po trzeciej odbijają kartę zegarową i lecą po swój rower, przypięty do stojaka trzema kłódkami. A potem wraz z tysiącami innych spływają równym strumieniem do swych pudełek.

– Jak pomyślę, że za parę lat dołączę do tej rzeki rowerów i morza beretów, robi mi się słabo. I od razu postanawiam, że zrobię wszystko, byle uciec z bajklandii.

*

A ja myślę, że Bolek przesadza. Żadna wiocha czy ohyda, tylko brak zdolnych malarzy, którzy chcieliby przedstawić bajklandię we właściwym świetle. O, taki Pissarro, ten to by umiał uchwycić jej nieśmiały wdzięk, przycupnięty wśród betonowych blokowisk. Mehoffer z kolei wiedziałby, jak pokazać trudną urodę miejskiego parku. Niby niepozorny, zaniedbany, a przecież pełen magii.

– A także pokrzyw, dziurawca i jaskółczego ziela – dodał Bolek.
Ale przede wszystkim magii. Wystarczy jedna rundka po zarośniętych perzem żwirowych alejkach, żeby zamienić dwoje obcych sobie ludzi w zakochaną parę. Albo w najlepszych przyjaciół. To pewnie dlatego stali bywalcy parku i okupanci jedynej ławeczki są tacy nierozłączni. Spotykają się codziennie wczesnym rankiem i punkt dziewiąta otwierają pierwszą butelkę siarkowego patola. Wychylają pierwszy łyk, wykrzykując zawsze ten sam toast: „Jeden za wszystkich, wszyscy za jednego". Muszkieterzy.

– Nie wiem, czy Mehoffer byłby zainteresowany malowaniem prowincjonalnych pijaczków wśród liści łopianu – wtrącił Bolek.
Bez łaski, nie on, to Breughel. Też by sobie poradził, a przy okazji machnął wnętrze Kolejowej, gdzie zbierają się twardziele

w przepoconych flanelowych koszulach. Przy zimnych flakach i ciepłym piwie snują plany wielkiego narodowego zrywu. A potem obcierają tłuszcz z podbródków i jadą rowerem na trzecią zmianę.

No a Lautrec? Miałby co malować podczas festynów urządzanych każdego lata na błoniach. Już w pierwszy dzień wakacji chłopacy z pobliskiej jednostki stawiają ogromny drewniany podest, na którym bawią się wszyscy: wąsacze w siatkowych podkoszulkach, wioskowe panny w spódnicach ze skaju, pachnące naftaliną staruszki, panowie milicjanci (zawsze w parze z kolegą), ekspedientki z mięsnego (mają największe wzięcie, zwłaszcza u dorodnych twardzieli), sanitariusze zbierający punkty na wymarzoną medycynę, a nawet my, młodzi i piękni. Niby trochę się nabijamy, że obciach i tandeta, ale kiedy gra Tęcza, pląsają wszyscy razem, bez podziału na wapniaków i gówniarzy, na tych, co pachną peweksowską rexoną i smakoszy cebuli. A kiedy Zbyszek Trela zaśpiewa „Przeżyj to sam", wszyscy mamy w oczach łzy. I na tych parę minut zapominamy, że rano trzeba znowu stanąć w kolejce po solone masło.

– Nazajutrz wstaje nowy dzień – dokończył Bolek, froterując linoleum suchą stopą. – Wąsacze maszerują do walcowni, ekspedientki zakładają poplamione fartuchy i obrażone miny, a potem siadają za brudną ladą w oczekiwaniu na mięso i księcia z bajki. Panowie milicjanci ruszają do poloneza. A wszyscy marzą o tym samym. O bilecie w jedną stronę.

*

Coś w tym jest. Spójrzmy, na przykład, na moją klasę. Druga be. Profil biologiczno-chemiczny, więc oczywiście wiadomo: połowa chce na medycynę. Ale każdy oddałby spory kawałek własnej duszy za możliwość wyjazdu. Na przykład do Francji, gdzie już od pół roku bawią Wiktor, Marta i Elka, do Stanów, gdzie są już Kuba i Rysiek, albo chociaż do Austrii, tak jak bracia Górscy. Tylu naszym udało się spełnić swój sen o ucieczce. Dołączyli do rodziców i pewnie już nie pamiętają, jak wygląda kartka na słodycze. Pewnie już się zapychają batonami. Zachłystują colą. I wolnością.

– Szczęściarze – wzdycha reszta drugiej be i jeszcze pilniej wkuwa angielskie słówka. Bo a nuż widelec uda się zdobyć zaproszenie i wizę?

Ale oczywiście nikt się nie chwali, że chce prysnąć. Nie warto, nie przy takim dyrektorze jak Szymon Słupnik.

SZYMON SŁUPNIK

To dzięki niemu w naszej szkole panuje ład i porządek, a czasem terror. Ale bez strachu nie ma szacunku – tak uważa Słupnik, człowiek, który potrafi w ciągu jednej lekcji geografii wypić cztery kawy szatany, wypalić pięć esktra mocnych (w szkolnym kiblu), sprawdzić wszystkim zadania domowe, strzelić wykład o konieczności przyjaźni ze wschodnim sąsiadem (i zarazem naszym Wielkim Bratem), opowiedzieć trzy kawały o Polaku, Amerykaninie i Niemcu, oczywiście z RFN (jak zwykle nasz wygrywa), wysłać Pikułę po kremówkę do „Kasi". Zjeść kremówkę i jeśli jest nieświeża, postawić piętnaście pał w cztery minuty. Krótko mówiąc: 600% normy. Na przerwach krąży po drugim piętrze i każe wszystkim uczniom krążyć razem z nim, parami. Mnie zawsze udaje się wymknąć na parter, do biblioteki. Ale większość nawet nie próbuje, sparaliżowana strachem. Bo Szymon Słupnik ma brata na komendzie i władzę sięgającą daleko poza mury szkoły. Jak zechce, to tak człowieka załatwi, że przez najbliższe ćwierć wieku nie dostanie paszportu. I może zapomnieć nie tylko o wyjeździe na Brooklyn, ale nawet na wczasy do Bułgarii.

*

Więc wszyscy udają, że zależy im tylko na działce Słupnika i dobrych ocenach. Wszyscy poza Tadkiem Gorczycą, który ma wizę kanadyjską w kieszeni. Już od trzech dni. I tylko czeka na wolne miejsce w samolocie. Niby siedzi w naszej klasie, ale myślami to już układa puszki kawy w supermarkecie na przedmieściach Winnipeg. Od razu widać po rozbieganych oczach. I kiedy Kojak wzywa go do tablicy, Tadek nawet nie zadaje sobie trudu, żeby podnieść tyłek z krzesła. Oszczędza siły na supermarket.

– Nie umiem – oznajmia beznamiętnym tonem. – Bo i jaki sens ma wkuwanie stopni wojskowych obowiązujących w Polskiej Armii Ludowej?

– Żadnego – przyznaje Kojak. – Ale to nie ja układałem program.

– Ja pana profesora nigdy bym o to nie podejrzewał. Mówiłem tylko, że dla mnie, człowieka na wylocie, walka o dobre oceny nie ma najmniejszego sensu.

– Nigdy nie miała – szepnął Słoniu. – Podobnie jak dla Kryśki.

– Wiem, że zasłużyłem na dwóję – ciągnie Tadek, gładząc pokryte ostrym trądzikiem policzki. – Ale proszę się zastanowić, czy warto. Czy warto męczyć rękę i zużywać cenny chiński tusz dla kogoś, kogo już właściwie tu nie ma.

Kojak odkłada pióro, wzdycha i widać, że myśli to, co reszta. Zazdrości, jak wszyscy. No, prawie wszyscy. Bo ja wcale Tadkowi nie zazdroszczę. Nie mam zamiaru nigdzie wyjedżać. Ani teraz, ani nigdy. Chcę zostać tu, w bajklandii. Razem z babcią, prababcią, dziadkiem, kotem Dziurawcem i wspomnieniami o mamie. Dlatego mam w nosie wizy, zaproszenia i takie tam. Mam w nosie. Ale o tym oczywiście nikt nie wie. Po co robić za frajera i dziwaka?

181

W czwartek Słupnik jak zwykle kazał nam krążyć po drugim piętrze. Żeby chociaż można było wybrać do pary, kogo się chce. Ale skąd! Żadnych tam koedukacyjnych sztuczek. Dziewczęta z dziewczętami, kujon z kujonem, lizus z Hubą.

– Trzymamy się swojej klasy, żeby potem nie było pomówień o nielegalne zgromadzenia. I żadnych rozmów między mijającymi się parami!

„Trzymamy się swojej klasy". Już sobie wyobrażam, jak krążę w parze z Kryśką Worek. I rozmawiamy o tym, jaki biznes opłaca się rozkręcić w bajklandii.

– Absolutnie żaden, stara – informuje głosem nieznoszącym sprzeciwu. – Tu nawet badylarze wychodzą na minus. Ty, patrz, jaki przystojniak! Jaką ma grzywę na popersa. I perspektywy, sądząc po adidaskach. Cudo po prostu! Mówię ci, z Peweksu, tego na Lenina, co ma najlepsze zaopatrzenie w województwie.

Albo ja w parze z Gracją. Nie dość, że nerwowo obgryza paznokcie, rozglądając się za dwójką przyjaciółek, z którymi tak brutalnie rozdzielił ją okrutny Leoncio Słupnik, to jeszcze cały czas trajkocze. O tym, który książę w Europie nadal jest wolny (Ach!), a który już się ożenił (Och!). I po ile są obecnie zamki nad Loarą. Źródło informacji: amerykańskie seriale.

– Na razie skoczyły w górę, ale nie można tak ciągle windować cen. Więc kiedy sytuacja się unormuje – szepcze, nie precyzując, jaka sytuacja – to sprawimy sobie jeden z dziewczynami. A wtedy – przymyka rozmarzone oczy – zaczniemy urządzać. Salonik w złocie i weneckim różu.

- Czyli jaki to róż? – pytam. Bo ja znam tylko jadowity, indyjski i majtkowy. Ten pierwszy, zwany amarantem, jest teraz na topie.
- Och! – Poirytowana Gracja macha dłonią. – Jak można nie znać weneckiego różu, ulubionego koloru Lucelii Santos? Nie wiem, jak ci wytłumaczyć, Anka. Przyjedziesz do nas nad Loarę, to zobaczysz. Za to moja sypialnia – wraca do marzeń – będzie wyłącznie w bieli. Już ją widzę: białe łoże i aksamitny baldachim w lilie, a na podłodze śnieżnobiały puchacz, żeby po wstaniu z łoża nie dotykać gołymi stopami marmurowych posadzek.
- Chyba będziesz musiała szeroko się uśmiechnąć do Gucwińskich, żeby ci skołowali puchacza albinosa – rzucam.
- Ha ha ha. Przedni dowcip – odpowiada niewzruszona Gracja. I wraca do opisu zamku.

A ja w parze z niewidzialną Lidzią? To tak, jakbym szła sama, bo Lidzia prawie nie mówi. A jak już coś powie, to albo nie usłyszysz, albo zaraz wyleci ci z głowy. Zresztą Lidzia i tak trzyma się Kryśki, jak cień. Za to przy Oli można się nabawić nerwicy. Cały czas powtarza „Tego jeszcze nie umiem. Tamtego nie pamiętam. Co to będzie, jak mnie spytają o enzymy?". Albo po dziesięć razy pyta: „Ile ci wyszło w trzecim? Tyle?! Boże, znowu się pomyliłam". A że Ola nigdy się nie myli, więc już wiesz, że skopałaś klasówkę. I zaczynasz obgryzać paznokcie, zamiast beztrosko zaczekać na ogłoszenie wyników.

Reszta dziewczyn? Może i fajne, ale szkoda dla nich poświęcać dużą przerwę. Więc nic dziwnego, że zwiałam do biblioteki. Poza tym już w środę wynypałam w „Panoramie" twoją fantastyczną fotkę. Ukryłam ją w stosie „Trybun", modląc się w duchu, żeby nikt mnie nie ubiegł. Bo ja po prostu muszę zdobyć tę fotkę. W tym celu wykradłam dziadkowi z maszynki prawie niezużytą żyletkę. Nowej nie odważyłabym się, bo są na wagę złota. Ale ta z maszynki jest w sam raz. Wytrzyma jeszcze z dziesięć dni. Plus czwartkową akcję, do której specjalnie ubrałam się w sweter z przydługimi rękawami. Zamiast obowiązkowego mundurka. Spore ryzyko, bo mundurek można sobie odpuścić tylko w piątki. Za jego brak – pięć punktów karnych. Jak uzbierasz oczko, musisz spędzić całą sobotę na działce Szymona, walcząc z perzem i rdestem ostrogorzkim. Od początku pobytu w LO plewiłam już pięć razy. Twoja połówka jest recydywistką. Ale, jak czytałam w „Bravo", ty też masz to i owo na sumieniu, więc powinieneś mnie zrozumieć.

Wracając do zdjęcia (czy zdjątka raczej, bo ma wielkość pudełka do zapałek), już wysunęłam z rękawa żyletkę i zabrałam się do ciachania, kiedy na sąsiedniej stronie zobaczyłam spory nagłówek: „Makabryczne samospalenia w Południowej Karolinie". Farmer Jack wybierał się obejrzeć pole kukurydzy. Wcześniej zajrzał do kuchni, żeby wypić poranną kawę. Ale nie doszedł nawet do ekspresu, bo nagle stanął w płomieniach. Zanim żona zdążyła zadzwonić na najn łan łan, Jack zmienił się w osmaloną metrową zapałkę. Z kolei Trevor McFire, mieszkaniec Birmingham, spłonął podczas oddawania moczu w toalecie publicznej. Jak opowiada anonimowy świadek, mocz jeszcze spływał do głównego zbiornika, a z Trevora została nędzna garstka żarzącego się popiołu.

A teraz siedzę, słuchając OMD (na piątym!) i tak sobie myślę, że wy tam, w tym paradaju, to dopiero macie tragedie. U nas nawet węgiel nie chce się palić. A jeśli już coś ulega samospaleniu, to co najwyżej telewizory Rubin. Ale nie ludzie! I jak ja mam tam jechać? Narażać się na takie coś? W żadnym razie. Nie mam zamiaru ryzykować, że spłonę w publicznym kiblu. Po prostu ty i mama musicie przyjechać do nas. Bez dwóch zdań.

*

A tak naprawdę wcale nie chodzi o te samospalenia, wiesz? Po prostu cholernie się boję, że stracę nawet to, co mam. Babcię i resztę gromady, swoją ulicę, lamenty Drożdżakowej, sprzeczki z księdzem Antonim, wygłupy z Bolkiem. Swoje małe marzenia zamienię na błyszczące zagraniczne. Ale najbardziej się boję, że złapię chorobę dolarową, bo młody organizm szybciej chłonie zagraniczne zarazki. Że przestanę widzieć inne kolory poza zielenią. I w pogoni za kapustą zapomnę o bliskich. Zapomnę nawet, że ich kiedykolwiek kochałam. Tak jak mama.

182

Wyjechała cztery lata temu. Kupiła na lotnisku bilet pierwszej klasy, wsiadła w luksusowy odrzutowiec. Po wylądowaniu pojechała taksówką na Manhattan, gdzie miała zarezerwowany hotel. Tam wzięła kąpiel w jednej z trzech wykładanych różowym marmurem łazienek. Ubrała się w kreację od Chanel i zeszła do baru, wypić powitalnego drinka z senatorem Dżordaszem.

Nawet nie potrafię sobie wyobrazić, że tak mogłoby być. Bo w naszym kraju wyprawa do Ameryki wygląda zupełnie inaczej.

PODBIJANIE AMERYKI

– Nie udowodniła nam pani, że jest wystarczająco mocno związana z krajem, by tu wrócić – wyrecytował rudowłosy robot, wbijając kolejną pieczątkę z odmową. – Dlatego w tym roku nie możemy dać pani wizy.

– Nie możecie, czy nie chcecie?

– Nie rozumiem pytania – odparł robot, przeczesując obojętnym wzrokiem tłum ludzi ubranych niczym ukraińscy chłopi z powieści Rodziewiczówny.

– To mam następne. Odrobinę łatwiejsze – rzuciła mama, nawet nie próbując ukryć zdenerwowania. – Czy pana zdaniem córka, rodzice i sędziwa babcia to za mało, by czuć więź?

– Nie rozumiem pytania.

– A co trzeba zrobić, żeby ktoś taki jak pan się zlitował?

– Nie rozumiem pytania. Proszę następny.

– A jest jakieś pytanie, które pan rozumie? – rzuciła mama, zabierając paszport i wyszła, zanim robot przyznał, że jednak nie.

*

Po powrocie zwołała naradę. Nasza piątka plus Drożdżaki. Zastanawiamy się, co teraz.

– Ja bym napisała odwołanie – odzywa się babcia. Jak zwykle ona, odważna i naiwna. – Przecież przodkowie tego rudego też musieli kiedyś przypłynąć do Ameryki. Inaczej nazywałby się Winnetou i prowadził kasyno w Las Vegas.

– Coś ty, mamo. Tego rudego zrobili w fabryce. W Tajwanie, żeby wyszło taniej.

– No to też jest przyjezdny – zauważyła Drożdżakowa.

– Co niewiele zmienia sytuację. Wiadomo, gdzie lądują odwołania obywateli trzeciej kategorii – westchnęła mama, zapalając trzeciego carmena.

– Więc co teraz? – zapytaliśmy wszyscy.

– Jak to, co? Meksyk.

MEKSYK

Co robisz, kiedy nie możesz przeskoczyć muru? Próbujesz go rozbić głową, wysyłając rozpaczliwe odwołania? Szkoda głowy i forsy na znaczki. Lepiej poszukać furtki. Wytrwali znaleźli co najmniej dwie. Tę drugą wybrała mama, bo jak twierdzi, lubi adrenalinę. I świetnie pływa. Cały plan wygląda następująco: Załatwiasz wizę do Meksyku i kupujesz bilet do Monterrey. Stamtąd masz autobus do Piedras Negras. Na rynku wynajmujesz osiołka i przemieszczasz się w górę rzeki, szukając spokojnej osady, gdzie mógłbyś poczekać na nów. Wreszcie nadchodzi, noc ciemna jak włosy Meksykanina. Wybierasz się na spacer, pooglądać rozlewiska Rio Grande. Kiedy się upewnisz, że jesteś absolutnie sam, właziesz w zarośla, rozbierasz się do naga (wstydliwi mogą zostawić barchany) i cichutko płyniesz na drugi brzeg. Tylko trzymaj mocno tobołek z ciuchami; w amerykańskim raju krzywo patrzą na goliznę. Kiedy już uda ci się dostać do Jueeseju, przeczekujesz w chaszczach aż do wieczora. A potem wyłazisz i spacerkiem, żeby nie wzbudzać podejrzeń, idziesz do najbliż-

27

szego miasteczka. Szukasz dworca, kupujesz bilet do El Paso. Stamtąd lotniczy do Nowego Jorku. I witamy w Brooklynie!

*

Po miesiącu przyszła do nas posypana brokatem pocztówka ze Statuą Wolności i czterema nabazgranymi niechlujnie zdaniami: *Wszystko OK! Mam już pracę! Przyjadę na święta. A dziś tyle, bo od machania szmatą ledwo ruszam ręką.*

A w grudniu ogłoszono stan wojenny i na święta nie pojawiła się nawet paczka. Świąteczna kartka dotarła do nas dopiero latem.

Bolek uważa, że to i tak nieźle.

– Mieszkamy jakieś cztery kilometry od dziadka. A odpowiedź na pisemne przeprosiny szła do nas dwa lata i dziewiętnaście tygodni. Dobrze, że przynajmniej nie odmowna.

– Ja wiem, że Drożdżak jest zacięty, ale żeby aż do tego stopnia? O co można się aż tak obrazić?

– O rozwiane złudzenia.

ROZWIANE ZŁUDZENIA

Tato Bolka zawsze lubił nowinki techniczne. Nic dziwnego, że jako jeden z pierwszych w bajklandii wylatał sobie super bajer: radiomagnetofon Grundig RB3200. Przez kilka dni srebrnoczarne cacuszko zdobiło salon M4 przy ulicy Wandy Wasilewskiej. Wreszcie po tygodniu niemego zachwytu tato Bolka odważył się zbadać wachlarz możliwości grundiga. A na czym najlepiej testuje się sprzęt? „Na ludziach" – oświadczył kumpel z mechanicznego. Zaraz na drugi dzień podczas przerwy na zupę regeneracyjną obaj dowcipnisie nagrali na kasecie scenkę pt. „Podajemy wyniki totolotka".

W niedzielny poranek tato Bolka zaprosił Drożdżaka na spacer i rozmowę o kondycji polskiego sportu. Przy bimbrze domowej roboty.

– Sam nie wiem – wahał się Drożdżak. – Zaraz będą podawać totolotka. Co prawda, pewnie znowu nic nie wygrałem, bo te... (brzydki wyraz) na pewno szachrają.

– Mam ze sobą radio, to posłuchamy w południe.

Poszli. Kiedy wybiło południe, tato Bolka dyskretnie przełączył radio na magnetofon. „Wybiła dwunasta" – odezwał się kumpel taty, bezbłędnie podszywając się pod spikera. – „Podajemy państwu wyniki sobotnich zakładów Dużego Lotka: siedem, trzynaście, dwadzieścia cztery...". I w tej samej chwili Drożdżak przeżył drugi największy wstrząs w swoim życiu. Pierwszy dopadł go w szpitalu w pięćdziesiątym trzecim, kiedy bez znieczulenia usuwano mu zaropiały paznokieć.

– Podkręć, chłopie, nie guzdrajże się... (brzydki wyraz), bo zaraz będą powtarzać! – polecił zięciowi, pociągając łyk z butelki. Na uspokojenie. – Łomójboże! Przecież to moje cyfry... (bardzo brzydki wyraz)! Wiedziałeś, że takie będą?! Wiedziałeś, chłopie?

Tato Bolka wiedział. Sam przecież spisał „szczęśliwe numery" z kuponu leżącego w jadalni Drożdżaków. Ale oczywiście udał pełne zaskoczenie i co znacznie trudniejsze, radość.

Dwa dni później Drożdżak, nadal na sporym kacu, wybrał się z aktówką i obstawą w postaci dziadka do najbliższej kolektury totolotka. Tam przeżył trzeci wstrząs w życiu. Ale pierwszy pod względem siły rażenia.

– Dlatego mój ojciec dostał zakaz wstępu. Nic nie pomogło, że zaraz we wtorek przeprosił i nawet kupił dziadkowi skrzynkę wódki.

– Żałuje?

– Tato? Coś ty. Jak powiedział potem: „Warto było zobaczyć łzy szczęścia w oczach tego zatwardziałego piernika. Gdyby nie grundig, synu, nigdy bym się nie dowiedział, że twój dziadek potrafi tak wysoko skakać z radości".

183

Na bajklandzkim rynku spożywczym pojawiła się „marmolada wyborowa twarda wiśniowa klasy pierwszej". W cenie 240 złotych za kilogram. Drożdżak zaraz wyliczył, że robotnik z kombinatu zarobi za godzinę pracy na słoik marmolady.

– Pysznie! – skwitował i dodał: – A potem się dziwić... (brzydki wyraz), że ludziska nie dojadają i chorują. Jak na ten przykład, nasza biedna Ańcia.

Przeziębiłam się, to fakt, ale nie z powodu braku marmolady wiśniowej, tylko przez mokre buty. Zresztą wcale nie żałuję, bo leżę sobie jak basza wśród ogromnych poduch i wypoczywam. Powiem ci, Chris, że przeziębienie to fajny urlop od życia. Jakbyś na chwilę wysiadł z pędzącego na oślep tramwaju. Zapominasz o zadaniach z matmy i klasówie z fizyki. O tym, że jutro musisz zdążyć na siódmą dziesięć i że kiedyś trzeba będzie to wszystko nadrobić. Możesz bezkarnie porozczulać się nad sobą. A co ważniejsze, babcia też może się bezkarnie nad tobą porozczulać. Bo przecież już nie jesteś tylko Anią. Jesteś biedną, przeziębioną Anią. Czyli prawie nieznajomą, którą trzeba się koniecznie zaopiekować.

Dlatego razem z Drożdżakową ucierają dla mnie leczniczy kogel-mogel. Na bimbrze Drożdżaka. Tak zwanej księżycówie grunwaldzkiej 1410, którą przygotowuje się z 1 kilograma cukru, 4 litrów wody i 10 deko drożdży. Pić podczas pełni, halnego i grypy. W połączeniu z żółtkiem i goździkami stawia na nogi w kilka godzin. I załatwia każdego robaka, o bakteriach nie mówiąc.

– Robaka to może i tak... – westchnęła Drożdżakowa. – Ale na takie tatałajstwo, co leci z kumbinatu, to nic nie pomoże. Nawet woda święcona.

– Ja bym chętnie załatwił swojego robaka – nieśmiało wtrącił dziadek. – Bo mnie znowu podgryza.

– Wyście już wczoraj z Drożdżakiem niezłą dezynsekcję urządzili – przypomniała mu babcia.

– Nalewka to nie to samo, co grunwaldzka. Wiadomo przecież, ile metali ciężkich jest w takich jarzębinach. Pewnie dlatego tak mnie dzisiaj głowa łupie.

– Mojego to samo. A zły! Jeszcze bardziej niż zawsze – powiadomiła nas Drożdżakowa i wróciła do problemu zanieczyszczeń środowiska: – Łomójboże, nie dość, że elektrownia z Dziadowic pyli, w Sanie płyną ścieki, z telewizora tyż, to jeszcze kumbinat człowieka truje. I to żeby choć było wiadomo, czem? Ale gdzie ci powiedzą. Jak my nawet nie wiemy, co się tam wyrabia.

Oficjalnie to kombinat produkuje żeliwne meble ogrodowe i skomplikowane narzędzia dla ambitnych działkowiczów. A naprawdę? O prawdzie w naszym kraju nie da się na serio. Więc będzie kawał. Na emeryturę przechodzi brygadzistka z walcowni. Dyrektor kombinatu pyta ją, co by chciała dostać na pamiątkę.

– Jakiś ładny stolik do ogródka, to bym wreszcie miała na czym postawić szklankę, a nie tak ciągle na podołku, kolana sobie parzyć na starość...

– Jak to, towarzyszko, tyle lat pracujecie i żeście sobie głupiego stolika nie ściągnęli do ogródka? – dziwi się dyrektor.

– Ściągnęłam, a jakże, ale chyba stary coś źle składał, bo mu zawsze karabin wychodził.

– Żeby karabin! – prychnęła Drożdżakowa. – Stary raz przytargał do chałupy celownik od działa przeciwlotniczego! Mało zawału nie dostałam! Nie dość, że mogli złapać na bramie, to jeszcze strach takie coś w domu trzymać. Jeszcze kto zobaczy i oskarży o działalność antypaństwową. I gdzie ja bym drugiego takiego Drożdżaka znalazła?

Nie byłoby łatwo, fakt. Inna sprawa, że ja bym na pewno nie szukała. Nawet Bolka nie szukałabym, gdyby nie jęki dziadka. Ale chodziło tylko o łyżwy.

ŁYŻWY

Sześćset osiem dni temu, godzina 15.30, niedaleko posterunku milicji. Szłam właśnie na lodowisko, zastanawiając się, jak długo pojeżdżę w topornych hokejówkach. O dwa numery za dużych zresztą, bo tylko takie udało się wywalczyć dziadkowi w przyzakładowej wypożyczalni. Nagle po drugiej stronie ulicy zobaczyłam chudego jak Masaj blondyna w obrzydliwej zielonej czapce z pomponem. Masaj miał okulary pokryte lodem, a na szczupłym ramieniu przewieszone białe figurówki, związane niedbale brudnymi sznurówkami. Spojrzeliśmy na siebie, potem na łyżwy. Siedemnaście susów później stał już naprzeciwko mnie. Tak blisko, że parą z ust mogliśmy sobie nawzajem ogrzewać oszronione nosy.

– Trzydzieści dziewięć? – rzucił Masaj.
– Dokładnie. A twoje trzydzieści siedem?
– Niestety. Próbowałem zwinąć palce w rulony, ale i tak nie udało mi się wbić stopy. Musiałbym jeszcze zeszlifować ze dwa centymetry pięty, ale mam za miękki pumeks. To jak? Wymiana?
– Dobra. – Podałam mu swoje hokejówy.

A potem podreptaliśmy razem na ślizgawkę, sprawdzić, jak się sprawują łyżwy na nowych właścicielach. Przeplatanki, beczka, jazda do tyłu (to on), nieudolne piruety (to ja), piętnaście upadków, trzy siniaki na kolanach, i cztery ogromne bąble (po jednym na stopę). Zrobiło się ciemno i dozorca zgonił wszystkich z tafli. Podaliśmy sobie z Masajem łapy i każde poszło w swoją stronę. Dopiero w domu uświadomiłam sobie, że nawet nie znam jego imienia. Najbardziej tym faktem był zmartwiony dziadek.

– Poszukam go za tydzień – obiecałam. – Na pewno przyjdzie.
– Bo gdzie indziej można spędzić ostatnią sobotę ferii?

Zamiast Masaja przyszła długo oczekiwana odwilż. I po ślizgawce zostały tylko trzy błotniste kałuże. Kiedy powiedziałam o tym dziadkowi, załamał ręce. Co teraz będzie z łyżwami? Na pewno obetną mu premię. Uznają za złodzieja. Jego, który nigdy nie wyniósł z kombinatu nawet jednego marnego naboja, a dwa spinacze biurowe zabrał tylko dlatego, że ich nie zauważył na dnie wydawanej w zakładzie cytronety. Obawy dziadka okazały się, na szczęście, nieuzasadnione. Dla pani Kazi z wypożyczalni liczyła się tylko ilość. Buty oba są, ostrza całe, sznurowadła też? No to wszystko gra. Przetrzeć szmatą, zdać do magazynu, odmaszerować.

A Masaj? Odnalazłam go pół roku później, kiedy poszłam zrobić u Drożdżakowej pierwszą trwałą.

184

Wiesz, co to jest 10 milionów niezadowolonych Polaków? Garstka ekstremistów. Kto by takich brał pod uwagę? Pewnie dlatego tak nam trudno uwierzyć, że mamy wpływ na cokolwiek. I że cokolwiek możemy zmienić. Nie to, co u was. Pełny indywidualizm i pompowanie ego od zarodka. Nic dziwnego, że obywatel Zachodu wierzy we własne siły. Co tam we własne. Wierzy nawet, że zwykły bielinek, latający sobie beztrosko nad kapuścianym polem Johna Browna, może wywołać porządną zawieruchę na przykład w południowych Chinach. Powiedziałam o tym babci. Ucieszyła się i odparła, że teraz wystarczy poczekać na odpowiedniego bielinka. Jak porządnie machnie skrzydłami w Ameryce, rozwali Komitet Centralny i po krzyku.

*

No to czekamy. Babcia przy piecu, Dziurawiec na parapecie, dziadek z Drożdżakiem. A ja dalej w łóżeczku, bo kogel-mogel wprawdzie podziałał, ale poza robakami załatwił mi chyba żołądek. Drożdżakowa przyniosła mi leczniczy proszek od zakonników i powiedziała, że mam dalej odpoczywać. A ja chętnie bym już wskoczyła do tego tramwaju, co mi umyka za rogiem. Nie cierpię dłuższych postojów! No bo ileż można bezczynnie leżeć?

– Mogłabyś se, Ania, poukładać wspomnienia – poradziła Drożdżakowa, odmierzając półtorej łyżeczki proszku. – A nie tak, jak niektórzy, co hodują bajzel w głowie. Pędzą przed siebie i pędzą, a sterty kurzu i śmieci rosną. Aż pod powałę. Nie dziwne potem, że strach tam zaglądać.

To układam i sortuję. Najpierw wspomnienia z dzieciństwa. Przełożyć do ogromnego pudła ozdobionego uśmiechniętym słoneczkiem. Przeglądać tylko w deszczowe dni. Te dotyczące mamy równiutko ułożyć w szufladce sekretarzyka, pachnącej lawendą i donaldówkami. Nie, ta sprzed trzech lat jest stanowczo za duża. Jak tak dalej pójdzie, wystarczy zwykła szara koperta. Co innego szuflada z napisem „Bolek". Ta puchnie w oczach. Drożdżakowa uważa, że szuflady wspomnień rosną od częstego otwierania.

– Ja, na ten przykład – pochwaliła się – otwieram co niedziela komódkę mojego świętej pamięci Stefana. Przewietrzę każdą karteczkę, zbierę kurz, dodam tu troszkę patyny, a tam ździebko złota. I proszę bardzo! Przed państwem stoi pomnik Stefana Grzyba.

Pytanie tylko, czy to nadal Stefan Grzyb.

– Dla mojej babci na pewno – uśmiechnął się Bolek. – Ale ja bym chyba wolał szarą kopertę, bez złoceń i retuszów.

Akurat jemu nie grozi ani koperta, ani złocenia. Jego szuflada rośnie w takim tempie, że nie mam czasu na prace dekoracyjne. Co tydzień dorzucam kolejne parę kilo wspomnień. Sama nie wiem, skąd się tyle tego bierze. Bo przecież Bolek to najzwyklejszy kumpel. Prosty jak sznur od snopowiązałki.

SZNUREK

– Dosyć zniewolonych ludzi młotków – postanowił ksiądz Antoni, ocierając łzę wzruszenia po obejrzeniu filmu „The Wall". Jeszcze tego samego dnia ogłosił zapisy na kurs samodzielnego myślenia. Poza dwoma tajniakami z Dziadowic zgłosiły się następujące osoby: Słoniu (ambitny jak zawsze), Ola (jeszcze ambitniejsza), jedna z Gracji (pierwsza i ostatnia próba oddzielenia się od przyjaciółek), Liliana Czysta (kolejna nieudana próba podniesienia kwalifikacji), my z Bolkiem (z ciekawości) i możliwe że Lidzia. Pierwsze zajęcia poprowadził błogo uśmiechnięty terapeuta z przykościelnej poradni rodzin.

– A teraz, bracia i siostry, małe zadanie, dzięki któremu zrozumiecie, jak skomplikowanym i niepowtarzalnym tworem jest wasza psyche – oznajmił głosem miększym niż moher. – Wybierzcie, proszę, kilka rzeczy i zbudujcie z nich rzeźbę własnego „ja".

Wszyscy rozbiegliśmy się po salce parafialnej w poszukiwaniu przedmiotów, które najlepiej pokazałyby oceaniczną głębię naszych osobowości. Tylko Bolek nie ruszył się z miejsca. Po piętnastu minutach nastąpiła prezentacja rzeźb.

– Te plastikowe lilie przyczepione do kiwającego się fotela – wyszeptała Gracja – ukazują moje marzenia i rozterki. Boję się plastikowego życia...

– Ja też – szepnęłam do Bolka.

– Boję się, że będę wegetować otoczona plastikiem. Linoleum na podłodze, meble z tworzyw sztucznych, cerata na stole. I jednorazowe sztućce zamiast rodowych sreber.

– Hm... tak. A posłuchajmy siostry z prawej.

– Moje plastikowe lilie – odezwała się Czysta – przyczepione do stołka, mają... mają pokazać, yyy... Zapomniałam.

– Pozwól siostro, że ci pomogę. – Terapeuta podszedł kocim krokiem do rzeźby pani Liliany. – Sądzę, że te skromne lilie na prostym kuchennym taborecie pokazują twoją czystą i niewinną psyche, nieskażoną żadnym... żadnym...

– ...myśleniem – dokończył szeptem Bolek. Zachichotaliśmy, co od razu zwróciło uwagę terapeuty.

– A może ty, bracie, pochwalisz się swoją rzeźbą? – zaproponował, dekorując swą jasną twarz jeszcze szerszym uśmiechem. Bolek wstał i rozpiął kieszonki bluzy.

– Znacie powiedzenie: „Prosty jak pięć metrów sznurka"? – Wszyscy kiwnęli głowami. – A więc, uwaga! To właśnie jestem ja! – Wygrzebał zawartość lewej kieszeni. Dwie garście splątanego do bólu kordonka. – A tak wyglądam – z prawej kieszeni wyjął fabrycznie zwinięty kłębek – raz na ruski rok.

*

Proszek od zakonników pomógł na żołądek, ale spowodował okropną wysypkę. Więc dalej zalegam w domu, wysmarowana tajemniczym mazidłem Drożdżaka.

– Mam nadzieję, że tym razem obędzie się bez skutków ubocznych, bo umrę tu z braku wrażeń. – Ziewnęłam, rozwierając paszczę szerzej niż anakonda. – Już umieram.

– Mogę ci zrobić trwałą – zaproponowała Drożdżakowa, też znudzona. Głównie brakiem powodów do zamartwiania się.

– Dobra, tylko proszę o łagodny skręt, a nie tak jak za pierwszym razem. Wyglądałam jak prawdziwy dmuchawiec.

DMUCHAWIEC

Co robi piętnastolatka, by uczcić zdanie egzaminu do ogólniaka? Umawia się na swoją pierwszą trwałą. U mistrzyni żelaznego skrętu Eugenii Drożdżak. Umawia się tydzień wcześniej, żeby mistrzyni mogła załatwić odpowiednio mocny płyn i uzupełnić spalone wałki. Potem wchodzi do „salonu", czyli dawnej spiżarki. Siada na twardym krześle i czeka, aż mistrzyni zawinie jej włosy w dwieście cieniutkich jak ołówki drewnianych wałeczków. Cierpliwie znosi wszystkie „Łomójboże" i smród amoniaku wygryzającego w skórze piekące ranki. Dwie godziny później przechodzi do łazienki, by zmyć z obolałej głowy ognistą papkę.

– Już mi żylaki pulsują od tego stania – narzeka Drożdżakowa, ale widząc załzawione oczy ofiary trwałej zapewnia, że zaraz będzie po wszystkim. – Zdejmiemy wałki, podsuszymy i na pół roku będziesz mieć spokój z włosami.

Kwadrans później – prezentacja przed lustrem w przedpokoju Drożdżaków.

– No i jak? – pyta zadowolona mistrzyni, wcierając krem w przypalone paluchy. – Chyciło jak złoto, co? Prawdziwa Dajana Ross!

– Boże! Wyglądam jak dmuchawiec!

– Jak dmuchawiec? – parsknął Drożdżak. – Diabła z ciebie zrobiła.

– O Boże! – krzyknął jakiś chudy chłopak. – To ty?!

– Sama nie wiem! – jęknęłam, próbując przyklepać sfilcowaną czapę.

– To z tobą zamieniłem się łyżwami. Chyba.

– Białe figurówki trzydzieści siedem? – spytałam, rozglądając się za jakąś czapką, najlepiej niewidką.

– I hokejówy trzydzieści dziewięć – potwierdził chudy, ucieszony.

– Ty znasz mojego wnuczka?

– Właśnie nie znam, co wydaje się dziwne. – Spojrzałam znacząco na Drożdżakową. – Nawet bardzo dziwne, zważywszy, że mieszka pani dwa domy od nas.

– Bo ostatnio rzadko tu zaglądał. Przez mojego – zniżyła głos.

– Tato poróżnił się z dziadkiem – wyjaśnił chudy. – I dostał szlaban na wizyty. To ja też nie przychodziłem, dopóki dziadkowi nie przeszło.

– Ale wreszcie stary się przemógł i wybaczył.

Z pokoju obok posypały się trzy mięsiste przekleństwa. Drożdżak najwyraźniej walczył z mroczną i mściwą stroną swojej osobowości.

– Takie rany długo się goją – próbowała usprawiedliwiać męża Drożdżakowa. – Ale już jesteśmy na dobrej drodze. No i najważniejsze, że znowu mogę gościć mojego Bolusia – rozczuliła się.

– To ty jesteś ten słynny Bolek? Ten, którym ciągle chwali się twoja babcia? Ten, co rysuje jak szatan?

– Siostra Bożena to panikara. Zobaczyła karykaturę proboszcza w moim zeszycie do religii. I od razu afera na pół plebanii.

– A chodź, Ania, zobacz lepiej, jaki obrazek wyfasował mi wczoraj. – Drożdżakowa pociągnęła mnie za rękaw swetra. – Miał być w sypialni, ale mój się nie zgodził. Może i lepiej, bo w kuchni spędzam całe godziny. A w sypialni co najwyżej trzy kwadranse.

– Nie wiedziałam, że pani cierpi na taką bezsenność.

– Jaką tam bezsenność. Pół godziny leżę w barłogu, walcząc z moim o kawałek pierzyny. A pozostałe osiem to se skaczę na koncercie Deep Purple albo nagrywam płytę z Rolling Stonesami.

Szczęściara. Mnie zazwyczaj śnią się srebrzyste pershingi. Jak nadlatują nad bajklandię i burzą kino, razem ze schronem.

– I gdzie te cuda? – Rozejrzałam się po ciemnej kuchni, a potem zobaczyłam. Obok pieca – Mick Jagger w lnianym fartuszku. Z sitem w dłoni. Jeszcze chwila, a zacznie przecedzać knedle.

– Jak żywy – wyszeptałam.

– A zobacz tu, przy stole. – Drożdżakowa pokazała muskularną postać schyloną nad cynowym wiaderkiem. Uśmiechnięty George Michael obierający ziemniaki.

– Nie zapomniał nawet o kolczyku – pokazała palcem.

– Powinieneś iść na akademię. Koniecznie.

– Też mu to powtarzam.

– Ale ja już wybrałem historię sztuki – odparł Bolek.

– Poważnie?! To tak jak ja!

*

Dwa następne dni spędziliśmy na oglądaniu albumów. W ogrodzie Drożdżakowej, żeby Bolek sobie nie myślał. Zasady wyraźnie mówią, że trzeba dobrze poznać chłopaka, zanim mu pokażesz swój pokój. Zwłaszcza tak obskurny jak moja sypialnia.

– Ale masz tych albumów – westchnął zachwycony Bolek. – A ja ledwo załatwiłem spod lady moich ukochanych prerafaelitów, Chagalla i malarstwo rosyjskie.

– Mama mi wysyłała przez pierwsze dwa lata. To znaczy wysyłała sobie, żeby mieć co oglądać, jak wróci. A teraz, jak już postanowiła zostać....

– ...pewnie zapełnia swoją biblioteczkę na Brooklynie.

– Prędzej odkurza cudze. Tam nie ma czasu na pielęgnowanie hobby. – Przygryzłam usta. – Tam w ogóle nie ma czasu na fajne rzeczy. Na listy, telefony do bliskich.

– Może pooglądamy moje albumy?

– Przyniosłeś jakieś? I nic nie mówisz?

– Nie, moglibyśmy pójść do mnie – zaproponował, czerwieniąc się aż po czubki szarych rzęs.

– Nie wiem, czy wypada – odparłam, speszona nie mniej niż Bolek. W końcu to pierwsza niebezpieczna propozycja w moim piętnastoletnim życiu. – Muszę się zastanowić.

– Jan Kamyczek nie zabrania takich wizyt – przypomniał. – W „Filipince" też nie mają nic przeciwko.

– Ale w pele mele jest napisane, że wspólne oglądanie zbiorów to poważna sprawa.

I niebezpieczna. Podobnie jak wyprawa do kina. Kiedy chłopak zaprasza cię do kina, a nie na film, o, to już nie przelewki. Możesz się spodziewać najgorszego. Nawet tego, że cię złapie za rajtuzy.

– Co to jest pele mele? – zainteresował się Bolek.

– Nie wiesz, co to jest pele mele?

PELE MELE

Zbiór sprawdzonych rad i skutecznych recept na wszystko. Na każdy dzień, a nawet godzinę. Dzięki niemu zagubiona piętnastolatka wie, jak się poruszać w gąszczu pokus i mylących drogowskazów. Zna kod kwiatowy (uwaga na czerwone tulipany!!!) i wróżby z rejestracji (00 – niespodzianka, 11 – koleżanka, 66 – wielka miłość). Umie się zachować na pierwszej randce i przede wszystkim wie, jak rozpoznać, że się na taką kroi. Jeśli, na przykład, chłopak stanie ci na prawej stopie, to mu zależy. Ale jeśli na lewej – strzeż się! Pragnie tylko jednego. I jak nie chcesz wyjść na łatwą, musisz odpowiedzieć pogardliwym uśmiechem, odliczyć do pięciu i tupnąć dwa razy. Zrozumie. Uważaj też, kiedy podsuwa ci pod nos zapałkę, od której odpalał dymka. Jeśli zdmuchniesz, wiadomo, na co się zgadzasz. Więc potem się nie zdziw, że będzie za tobą gwizdał. Albo strzeli ci ramiączkiem od biustonosza. Są, rzecz jasna, tacy, którzy biorą dziewczyny podstępem. Trzymają zapałkę za koniuszek, żeby dłużej się paliła. I robią zbolałą minę, jak to niby ich parzy w paluchy. A my, dziewczyny, jesteśmy wrażliwe na cudzy ból. Poza tym mało która zniesie smród palonego paznokcia. Mnie by też skręcało, ale wiem, że wtedy należy powiedzieć: „Może ci zapalić jeszcze jedną?". Wiem to wszystko właśnie dzięki pele mele.

*

– Aha, więc pele mele zabrania oglądać albumy u kumpla?
– U kumpla to nie. – Zwłaszcza jeżeli kumpel ma ogromną kichawę, a na niej zainstalowane obrzydliwe kwadratowe cwikiery. Co innego obciuchany cukiereczek ze świeżą trwałą produkcji Drożdżakowej. Pele mele wyraźnie mówi, że należy zachować wyjątkową ostrożność wobec przystojniaków. Szczególnie tych z kolczykiem w lewym uchu. – Oczywiście pod warunkiem, że to tylko kumpel.
– Tylko kumpel – zapewnił Bolek. Jak na mój gust trochę za szybko.
– No to może się dam namówić – odparłam, starannie ukrywając rozczarowanie.
– Naprawdę? – ucieszył się Bolek. – To chodźmy.
Minutę później znaleźliśmy się w obskurnej klatce schodowej. Bolek wszedł pierwszy, żeby sprawdzić, czy przed wejściem do piwnicy nie kryje się zboczeniec. To ich ulubione stanowisko. Stoi taki wciśnięty za drzwiami i czeka na ofiarę. Ofiara wchodzi do klatki, szuka po omacku kontaktu, żeby włączyć światło i nagle natrafia na owłosione brzuszysko. Koszmar! Zanim zdąży krzyka-

mi ściągnąć sąsiada z parteru, po zboczeńcu zostaje tylko mokra plama. On sam już dawno śmignął piwnicami do drugiej klatki i teraz dopina koszulę. Albo straszy następną licealistkę.

– Czysto, nikogo nie ma – oznajmił Bolek i podał rękę, żeby przeprowadzić mnie po ciemnych schodach. Ledwo widocznych tylko dzięki żarówce na czwartym piętrze.

– Sąsiadom z dołu nie chce się tak wysoko wchodzić – wyjaśnił Bolek.

– A ci z czwartego?

– Zasady są takie, że nie kradnie się żarówek ze swojego piętra.

– No a ci z trzeciego?

– Po lewej nikt nie mieszka. Zdążyli wybyć do Austrii tuż przed stanem wojennym. A po prawej mieszkam ja z rodzicami.

– I co z tego?

– Mój tato nie wziąłby nawet patyczka do lodów. Mama nad tym ubolewa, bo w klatce same zaradne chłopy.

– A ona nie może dmuchnąć? Albo ty?

– Jakoś się wstydzimy – przyznał nieśmiało Bolek i szybko zmienił temat. – No, jesteśmy na miejscu. To jest nasz korytarz, a ta bryła koło lustra to mój tato. – Wskazał na miśka w siatkowym podkoszulku i obcisłych enerdowskich kąpielówkach pamiętających złote czasy Gierka.

– Cześć, jestem tato – przedstawił się misiek. – A ty pewnie jesteś tą słynną Julią z lodowiska. Faktycznie podobna. Tylko te włosy. O, widzisz, Bolek. Z takim fryzem na pewno byś zrobił karierę rockową albo...

Jaką Julią? I skąd on wie o lodowisku?

– Ubrałbyś się, tato – przerwał mu Bolek, bordowy jak świeża wątróbka. – A nie goły chodzisz.

– Jaki goły? Zresztą, tam już nic nie ma. – Wskazał na kąpielówki. – Zostałem psychicznie wykastrowany wieki temu. Dobrze, że zdążyłem zmajstrować...

– Śliczny dywan – rzuciłam szybko, jeszcze bardziej bordowa niż Bolek.

– Śliczny – przyznał tato, drapiąc się po siatce. – Ale wolno chodzić tylko po liściach, bo reszta łatwo się brudzi.

– Moja babcia też chce taki kupić – pochwaliłam się. – Tylko w jasnozielone kwiaty.

– Nad jasnozielonym to byśmy pewnie musieli latać, prawda, synu?

– A nie wystarczyłoby częściej odkurzać?

– Najpierw ktoś musiałby naprawić odkurzacz. – Bolek spojrzał wymownie na tatę.

– Nie ma sensu. W tym domu przedmioty zawiązały spisek przeciw właścicielom. Jak będziesz wpadać do nas częściej, sama zobaczysz, co oznacza opór materii.

185

No i zobaczyłam. Już podczas trzeciej wizyty u Bolka. Zacięte szuflady, tępe noże, chwiejące się stoły, odpadające półki, wyrwane kontakty, zardzewiała maszynka do mięsa i przeciekająca pralka ze wściekłą wirówką, którą strach włączać, bo u sąsiadów szczoteczki wyskakują z kubków na podłogę.

– Rany! Żeby u was przygotować zwykły obiad, trzeba stoczyć prawdziwą bitwę!

– To teraz łatwiej będzie ci zrozumieć, czemu moja mama chodzi taka nabuzowana. Dobra, zobaczmy, co mamy w lodówce.

– Na pewno mnóstwo lodu – odparłam, obrzucając wzrokiem zarośnięte szronem półki i wystające z otwartego zamrażalnika półmetrowe sople.

– A poza tym ser biały. Jedno jajko, trochę solonego masła, znowu ser.

– A na talerzu?

– Pasta twarogowa. Tuż obok ocet, puszka po sardynkach, trochę pasztetowej.

– Możemy spróbować.

– Nie, ja nie jem takich rzeczy – rzucił nerwowo Bolek. – Oczywiście tobie mogę ukroić, jak zechcesz.

Nie, nie chcę. Głupio tak jeść samemu pasztetową.

– Na dolnej półce znowu ser. W pojemniku na jarzyny musztarda. I oczywiście ser.

– A w zamrażalniku?

– Poza śniegiem? Dużo sera. O, z tyłu jeszcze się uchował woreczek mleka. Ale nie wiadomo, czy nie dzikie.

– Kto u was robi zakupy? – zainteresowałam się.

– Tato. Dostaje listę, a potem i tak przynosi to, na co ma ochotę. Najwyraźniej w tym tygodniu zachciało mu się sera. To co jemy?

Powinniśmy wybrać ser. Ale jak widzę taką jego ilość, to mnie odrzuca. Ten cały ser działa na mnie jak namolny facet z festynu. Wolę już niedosyt niż nadmiar.

– To może otwórzmy mleko? Zobaczymy, czy działa.

Bolek odgryzł róg woreczka i powąchał, krzywiąc się. Potem napełnił dwa ogromne kubki.

– A woreczek zostanie do zapakowania śniadania.

– Też stosujesz ten patent? – zdziwiłam się.

– Wolę to, niż zawijać w gazetę.

– Ja też – przyznałam. – Nie cierpię druku odbitego na kromce. Zresztą i tak wystarczy, że zużywamy ją w kiblu i na oprawki do książek.

– Wy też? – ucieszył się Bolek. – Łączy nas tyle rzeczy. I jeszcze łyżwy.

– To ta słynna lodówka faraonów? – zmieniłam temat, pokazując toporny ostrosłup zajmujący pół kuchennego stołu. Jakiś czas temu Adam Słodowy pokazywał, jak zrobić kopię piramidy Cheopsa. Cudo, w którym nie zepsuje się mięso, a żyletki odzyskają dawną ostrość. – Konserwuje?

– Niestety. Żyletek też nie ostrzy. Może ojciec pomylił proporcje?

– A z czego ją zrobił?

– Z zupełnie niepotrzebnych rzeczy. – No tak, powinnam się domyślić, przecież Słodowy innych nie poleca. Tylko odpadki. – Ze sklejki i patyczków po lodach bambino.

– Ja próbowałam zrobić klaser. Trzymał się tylko dziesięć minut. Może dlatego, że zastąpiłam absolutnie niedostępny brystol zupełnie niepotrzebną tekturą z amerykańskiej paczki. Ale gdzie dziś dostaniesz taki bajer jak brystol?

– A ja myślę, że ta cała piramida to wielka bujda na resorach. Bo gdyby ostrzyła, belfrzy z naszej szkoły nie łaziliby zarośnięci jak pawiany. Zresztą zobaczysz, jak się zacznie buda. Nawet nasz wszechmocny dyrektor Słupnik nosi trzydniowy zarost.

– Co oznacza, że na pewne braki nie ma mocnych. Po prostu trzeba się z nimi pogodzić.

– A propos braków – wtrącił tato, zaglądając do kuchni. – Nie pożyczyłbyś mi, synu, nożyczek? Ja wiem, że mamusia rozdała wszystkim po parze...

– W siedemdziesiątym ósmym – przypomniał Bolek.

– Zgadza się. I gdzieś mi się zawieruszyły.

– Ja swoje zgubiłem trzy lata temu.

– No to klops – westchnął tato, nerwowo skubiąc kolorowe paski zdobiące wejście do kuchni.

– Ale kupiłem sobie nowe. Z kieszonkowego. – Bolek spojrzał znacząco na ojca.

– Zrozumiałem aluzję. Zwrócę koszty, a teraz byłbym wdzięczny, gdybyś pożyczył mi je na parę minut. Albo odsprzedał.

Bolek pobiegł po nożyczki. A tato? Pokręcił się po kuchni. Potrząsnął syfonem, a potem zerknął na mój kubek. Zanim zdążyłam zaprotestować, było po mleku.

– Trzymaj i nie zgub, bo stałem za nimi dwie godziny – poprosił Bolek, wręczając drogocenne nożyczki. – Masz spust, Ania, już wypiłaś całe mleko?

– To był kubek Ani? – Tato złapał się za brzuch, a zaraz potem pacnął w czoło. – No to się nie popisałem. Ale wiesz co? No szczęście mamy jeszcze mnóstwo sera.

★

– Przepraszam cię za ojca – mruknął Bolek. – Zawsze mi narobi wstydu. Czasem to żałuję, że mnie bocian zrzucił akurat pod osiemnastkę. Jakby nie mógł wycelować w balkon po lewej.

– Ciesz się, że jest. Bo mój... Mojego wcale nie ma.

Nie ma i nigdy nie było. Tak zawsze odpowiadam, kiedy o nim mowa. Ale czasami, zwłaszcza w długie piątkowe wieczory, wyobrażam sobie, że jest kimś ważnym. I naprawdę fajnym, jak Indiana Jones. Albo jeszcze lepiej Marek Niedźwiecki. Na razie zajęty prowadzeniem listy. Ale kiedyś wreszcie skończy ją prowadzić, zdejmie słuchawki i zacznie mnie szukać. Na pewno.

186

Dopadła mnie, bura jak koc Dziurawca, chandra i może dlatego mam w nosie swojego ojca. Wcale mi nie zależy na tym, żeby łaskawie znalazł parę chwil i w przerwie między listami zajął się szukaniem swojej pierworodnej, a możliwe, że jedynej córki. Mam swoją dumę.

I dziadka, który wystarcza za trzech ojców. Choć wcale tego po nim nie widać. Bo na pierwszy, drugi i cztery następne rzuty oka to zwykły starszy facet. Dwie żylaste ręce (zdaniem babci obie prawe), dwie nogi, zaczerwieniony od nalewki jarzębinowej nos, zakopiańska laska (służy głównie do szpanowania na osiedlu) i spojrzenie kogoś, kto pół życia poświęcił, dzielnie krocząc ku Świetlanej Przyszłości. I pewnie dalej by kroczył, gdyby nie przypadkowo usłyszany wywiad z Bardem w Radiu Wolna Europa. Bard najpierw wyśmiał naiwność budowniczych Wielkiej Utopii. A potem powiedział, żeby dali sobie spokój z tym marszem, bo do linii horyzontu nie da się dojść. Horyzont zawsze będzie daleko przed nami. Więcej już nie słyszeliśmy, bo znowu zaczęli zagłuszać. Ale tych kilka zdań dziadkowi wystarczyło. Na drugi dzień dostał zawału i już nie wrócił do pracy. Zajął się pieleniem ogródka i dokarmianiem bezdomnych kotów. To właśnie on przyniósł do domu kocura bez łapy, pokłutego widłami jak sito do makaronu.

– Podobno za słabo łowił szczury – wyjaśnił dziadek, polewając zwierzątko nalewką z jarzębiny. – Leniuchował, więc dostał za swoje. Najpierw widły, a potem gnojówka. To się, Ania, nazywa zdrowe, chamskie podejście. A ty kocie, będziesz się nazywał Dziurawiec.

Taki jest właśnie dziadek. Niepozorne ciało, słowiańska dusza i ogromniaste serce. Aż dziw, że w środku jest jeszcze miejsce dla pokrytego wrzodami żołądka i całkiem sprawnej (mimo regularnych dostaw nalewki) wątroby. Ale dla mnie najbardziej liczy się to serce. Bo dzięki niemu sporo dziadkowi zawdzięczam. To on prowadził za mnie zeszyt do religii i oprawiał wszystkie podręczniki. To on nauczył mnie strzelać z procy (wyłącznie do butelek) i łowić ryby, a potem je wypuszczać, „żeby wracały do kumpli". To on zawsze daje się ogrywać w okręty i szubienicę. To dziadek szykuje nasze buty na zimę. Załatwia mi łyżwy z wypożyczalni i świeci za mnie oczami, odnosząc do miejskiej biblioteki książki grubo po terminie.

No, a co najważniejsze, zawsze ma dla mnie czas. To znaczy miał, do środy rano, kiedy wyjechał na grzyby.

GRZYBOBRANIE

„Jest tajemnicą poliszynela, że młode matki i ojcowie po opuszczeniu kraju są narażeni na rozmaite pokusy. Ci, którzy wyjechali, utrzymują ścisły kontakt z rodzinami tylko przez około dwa lata – mówi podpułkownik Czujnik z wojewódzkiego urzędu paszportowego. – Później wszystko zaczyna się kruszyć. Upływ czasu nieubłaganie zamazuje wspomnienia. A żywego człowieka zamienia w niejasny i coraz mniej realny fantom".

Dlatego dziadek postanowił, że pojedzie do Brooklynu. Ożywić wspomnienia mamy. Paszport już wywalczył, po wizę też był. A że trafił na rudego, to wiadomo. Odmowa. Więc zaczęło się szukanie furtki. Meksyk odpada, bo dziadek nie pływał od powodzi w czterdziestym siódmym.

– A i to nie za wiele, ot tyle, żeby się dostać ze stajni na dach kurnika.

O azylu politycznym nie ma co marzyć. Więc zostaje tylko jedno: wyprawa na grzyby.

– Całe szczęście, że tato Tadka Gorczycy zgodził się pomóc – ucieszyła się babcia. – Powiedział, że może sam z dziadkiem ruszyć na te grzyby. Z wdzięczności za korepetycje.

Przez całą pierwszą klasę liceum znęcałam się nad głową Tadka, próbując wtłoczyć do niej parę informacji z angielskiego.

46

A także z histry, geografii i polskiego. Dzięki odpowiednio dobranemu młotkowi młody Gorczyca dowiedział się, że poza czasem teraźniejszym i przeszłym jest też przyszły, że oceany różnią się od jezior, a Fredro napisał coś jeszcze oprócz XIII Księgi „Pana Tadeusza". Ja wzbogaciłam się o uczucie satysfakcji i dumy, senior Gorczyca zaś o (nieznane mu dotąd) uczucie wdzięczności. Dlatego postanowił zaopiekować się dziadkiem.

– Zaczynam żałować, że poświęcałam Tadkowi tyle czasu – rzuciłam ze złością, polerując stary wiklinowy kosz przeznaczony na wyprawę.

– Spójrz na to z innej strony – odparła babcia. – Może dziadziuś namówi mamę do powrotu. A przynajmniej sprawi, że nie będziemy tymi, no... fantomami.

Niby powinnam się cieszyć. A jednak jestem wściekła. Na mamę, na ojca Tadka, a nawet na podpułkownika Czujnika. Za to że zabrali mi dziadka. Jest we mnie tyle złości, że nawet nie ma miejsca na tęsknotę. Jeszcze nie teraz.

A poza tym, kiedy tu tęsknić, jak tyle się dzieje? Dziadek wyjechał dopiero przedwczoraj o świcie, a już wczoraj przyleciała do nas Drożdżakowa. Z jakąś książką i wiadrem lamentów.

– Mówiłam, pani Kropelkowa, że to wszystko przez jedzenie! Mówiłam, ostrzegałam i nic!

Drożdżakowa jest zwolenniczką teorii, że odpowiednio skomponowana dieta potrafi zdziałać cuda. Wystarczy sagan wysmażonych na łoju wołowym cynaderek, żeby najbardziej niespokojny duch osiadł niczym ołowiana boja w czeluściach kanapy.

– Ja swojego tak obciążyłam, że nawet na ogród nie wychodzi.

– Ale pierwszy to się wywinął – przypomniała jej babcia o poprzedniku Drożdżaka, świętej pamięci Stefanie Grzybie.

– Bo przesadziłam z balastem. Człowiek był młody, dopiero się uczył. To wiadomo, straty muszą być. No i poszedł biedny Stefan do ziemi. – Drożdżakowa westchnęła. – Ale teraz to już wprawę mam. Tylko co z tego, jak nikt się ode mnie nie chce uczyć. Nikt moich rad nie słucha. A szkoda, bo by teraz pan Kropelka z nami siedział, zamiast się przedzierać lasem jak ten, no, Rumcajs w zielonym kapturze.

Skąd ona wie o lesie? Informacje w bajklandii roznoszą się stanowczo za szybko. Podejrzewam, że spora w tym zasługa naszego Dziurawca. Cały czas biega na plotki. I wynosi tajemnice z domu.

– No, mógłby siedzieć – przyznała babcia i nagle zmarkotnia-
ła. Może dopiero teraz do niej dotarło, że dziadka nie ma?
– Ale nic to, nie czas na smutki – skapnęła się Drożdżakowa.
– Wasz na pewno wróci. Ja to czuję.
I kto to mówi! Największa panikara bajklandii.
– Chciałabym w to wierzyć. – Babcia pociągnęła nosem, roz-
glądając się za swoją lnianą chusteczką do nosa.
– A ja jestem pewna, że wróci, dlatego przyniosłam to. – Droż-
dżakowa podała babci książkę. – Obiady Ćwierciakiewiczowej.
Przydadzą się, kiedy wasz wróci. Dlatego przestańcie się mazać,
tylko do chochli i ćwiczymy.
– Dziękuję – wyszlochała babcia. – Przerobię wszystkie prze-
pisy.
– Wszystkich to się nie da. Bo gdzie dziś człowiek dostanie dobrej krojonej czekolady albo oliwy. Sajens fikszyn, jak mawia
Boluś.
Z ogromną przewagą fikszyn. Jak tak dalej pójdzie, będziemy jeść gówno, zamiast pęczaku i knedli.
– Żeby chociaż dla wszystkich starczyło – westchnęła Drożdżakowa i poszła do siebie. Zaraz potem zadzwonił dziadek. Powiedział, że wszystko OK. Już ma pracę i zadzwoni za tydzień. Jak
ochłonie.

*

A dziś odwiedziłam Bolka. Otworzyła mi jego mama, z mapą
Kanady w dłoni.
– No i co? Przedarł się przez granicę?
– Przedarł, już nawet dzwonił do nas z NY.
– No proszę. To jest chłop! – Mama Bolka westchnęła. – Za-
radny, przedsiębiorczy. Jeszcze pewnie po drodze kosz prawdziwków uzbierał.
– Uzbierał – przyznałam. – Ale babcia to się trochę martwi.
– Czym tu się martwić? Że jej odpada pranie podartych skar-
pet i pichcenie wiader kaszy? Że ma święty spokój i swobodny
dostęp do telewizora? I to telewizora z Peweksu, bo wreszcie na
taki ją będzie stać. Też mi powód do zmartwień. Ja to bym chciała, żeby mój ruszył chociaż do A-u-strii. Ale gdzie tam! Jak się po
obiedzie zapadnie w fotel, to nie wstaje, aż puszczą hymn na koniec programu. O, zobacz sama, już leży.

Zajrzałam ukradkiem. Tacie Bolka wystawała z fotela tylko rozczochrana głowa. I brzuch.

– Dzień dobry.

– Cześć, Ania. Słyszałam, że tranzyt się udał?

– Udał – potwierdziłam.

– Zuch dziadek – skwitował tato i zanurzył się w fotelu. – Będzie coś zjeść? Bo głodnym.

– Będzie, jak nazbierasz grzybów! – huknęła mama Bolka. – I znajdziesz nożyczki!

187

To już wszyscy wiedzą o wyprawie dziadka. Przez księdza proboszcza i głupich ludzi, którzy koniecznie musieli się przywlec na mszę wieczorną.

– Jakby nie było innych nabożeństw – burknęłam, rozgladając się po zapełnionych ławkach.

Zwykle większość mieszkańców bajklandii wybiera mszę poranną. W myśl wpojonej im przez siostrę Bożenę zasady: najpierw obowiązki, potem rosół. Ale my z babcią i tak wolimy mszę wieczorną. I wcale nie chodzi tylko o to, że zwlekamy z obowiązkami na ostatni kościelny dzwonek. Po prostu nie lubimy ścisku. Bo nasz kościółek, choć pojemny jak pekaes do Dziadowic, to jednak swoje ograniczenia ma. Wystarczy, że zbierze się trzystu parafian, do tego dojdzie tysiąc w postaci ego naszego proboszcza i robi się duszno. Dlatego ja i babcia chodzimy na mszę wieczorną, zwaną przez siostrę Bożenę nabożeństwem dla skruszonych grzeszników. Oprócz nas w mszy bierze udział Dziurawiec (ukryty w torbie babci), Bolek, Drożdżakowa z mężem (woli wymowny wzrok księdza niż obce piersi na plecach Drożdżaka), trzej muszkieterowie z parku (tylko podczas nawałnicy), kilka staruszek, które drzemią w bocznej nawie i jeden przestraszony milicjant z Dziadowic (chowa się za figurą Marii Magdaleny). Miejsca jest dosyć, ale my z babcią zawsze siadamy w ósmej ławce po prawej. Między stacją V (Cyrenejczyk pomaga nieść krzyż Jezusowi) i VI (Weronika ociera twarz Jezusa). Babcia tak wybrała, bo to najmniej przygnębiające sceny z całej Drogi. I przypominają o dobroci nieznajomych. A tę moja babcia ceni najbardziej.

Siadamy tam zawsze, ale nie dziś, bo z powodu Święta Zmarłych kilkuset zatwardziałych postanowiło jednak skruszeć. *Memento mori* działa na wszystkich, więc kościół wypełnił się aż po konfesjonały. Ledwo znalazłyśmy wolne miejsce. Wszedł ksiądz, objął zadowolonym wzrokiem skruszony tłum i podjął decyzję. Zamiast usypiać nas listem od biskupów, rozpali w naszych sercach pragnienie walki.

– Jest gdzieś, lecz nie wiadomo gdzie – zaczął donośnym głosem – kraj, w którym szczytem rozrzutności jest podłożyć komuś świnię, a jedyne wiarygodne informacje podawane przez media, to data.

Kraj, gdzie kobiety nie muszą już rodzić dzieci, bo powstał Komitet Odrodzenia, a w sklepach nie ma ryb, żeby odwrócić uwagę od braku mięsa.

Kraj, gdzie liczba mnoga od wyrazu „człowiek" to „kolejka" i gdzie nie można sięgnąć dna tylko dlatego, że już dawno ktoś je ukradł i sprzedał na części.

To kraj, gdzie ludzi traktuje się jak bezmyślne bydło, któremu można wcisnąć każdą blagę i najgorszą paszę. Któremu można wmówić, że białe jest czarne, a kryzys oznacza sukces. I wreszcie jest to kraj, w którym marnotrawi się to, co najcenniejsze: wiedzę, uczciwość i talent. Nic dziwnego, kochani, że tysiące zdolnych, mądrych i pracowitych ludzi uwierzyło w raj za oceanem. I ruszyło na jego podbój. Jedni przepłynęli przez błotniste rozlewiska Rio Grande, inni z koszem kanadyjskich prawdziwków przedarli się przez zieloną granicę od północy, a niektórzy...

Przestałam słuchać. Czy ksiądz Antoni zawsze musi wykorzystywać historie usłyszane na plebanii? I kto doniósł?

– Przecież niekoniecznie mówi o was – pocieszył mnie Bolek, widząc jak nerwowo bawię się różańcem. – Wielu ludzi stosuje patent na grzybiarza.

– Ale nikt w bajklandii.

– Czym ty się właściwie przejmujesz, Ania. Przecież posiadanie rodziny w Ameryce to tylko powód do dumy. Zobaczysz, jak będą ci zazdrościć.

*

Będą, bo rodzina w Ameryce to same korzyści. Tak uważa Kryśka. I nie tylko ona. Cała moja klasa tak sądzi. Jeśli pada zdanie: „Ona ma Amerykę", wszystko jest jasne – ona to szczęściara. Stać ją na tureckie spódnice i dezodorant z Peweksu. Pamięta smak dobrej czekolady i ma czym zapłacić za sympatię rówieśników. Ja, na przykład, przekupiłam pół klasy w podstawówce prospektami Forda i obietnicą zaproszenia do paradaju. A teraz? Teraz już mi nie zależy na kupowanej przyjaźni i na tym, że będą mi zazdrościć. Ale oczywiście kiedy Krycha powtarza z krzywym uśmiechem, że dzięki mamie TYLE zyskałam, nie oponuję. Zyskałam.

– Co dokładnie? – spytał kiedyś Bolek.

Mnóstwo nalepek, długopisów i prospektów Forda wymienionych w ósmej klasie na metr uśmiechów i siatkę miłych słówek. Szczegółowy opis przebiegu choroby dolarowej i pobieżny (z powodu nowiu) płyzin Rio Grande. A także garść informacji niemających żadnego zastosowania w bajklandii. Jakich? Otóż dowiedziałam się, że reklamować znaczy zachwalać, a nie oddawać bubel do wymiany, i że kryzys powstaje z nadmiaru, a nie tak jak u nas z braku. Zaś pięć kilo mięsa może kosztować mniej niż trzy, czego już kompletnie nie potrafię zrozumieć. Co jeszcze zyskałam? Nieopublikowany nigdzie poradnik „Jak ukrywać forsę przed krewkimi sąsiadami z Puerto Rico". I mnóstwo tęsknoty. Jeszcze więcej niż nalepek i prospektów.

*

– Dalej tęsknisz? – zapytał Bolek, rzucając na ścianie zajączki babcinym lusterkiem z podobizną Liz Taylor.

– Teraz już mniej – przyznałam. – Ale tuż po wyjeździe...

Kiedy mama wspomniała, że wybiera się po wizę, nawet się ucieszyłam. Fajnie, pomyślałam. Wreszcie będzie mnie stać na donaldówy z Peweksu. I na resoraka od czasu do czasu. A jak mama wyśle mi prospekty i nalepki, to rozdam wszystkim, nie tak jak Celina z drugiej ławki. Wydziela oszczędnie po obrazeczku, i to tylko największym cwaniarom, które umieją się podlizać. No a poza tym będę dostawać ogromne paczki. Pełne pysznych sezamków, chińskich gumek i pomarańczy. Prawdziwych, a nie takich z plastiku, co straszą w jadalni u Drożdżakowej. Słowem, będzie superowo!

Ale w noc, kiedy mama wyjeżdżała do Szczecina, uciekłam za stodołę, a potem w zboże Drożdżaków. Tak, żeby nie mogła mnie znaleźć. Może liczyłam na to, że zostanie. Bo przecież nie można odjechać, nie żegnając się z bliskimi. Bez takiego pożegnania cały wyjazd jest po prostu nieważny. Ale kiedy człowiek wyda kilka pensji na bilet, nie może sobie pozwolić na tanie sentymenty. Więc po godzinie namawiania, żebym wyszła, mama musiała się poddać. „Wrócę na Wigilię!" – krzyknęła jeszcze i pobiegła na nocny do Szczecina. Siedziałam w tym zbożu do świtu. Wywabili mnie z kryjówki Drożdżakowa z dziadkiem. I tylko dzięki nim przetrwałam jakoś pierwsze pół roku czekania na mamę. Potem kolejne pół i następne. A po dwóch latach zaczęłam zapominać. Nie, nie mamę, ale ból, jaki czułam w tym cholernym zbożu.

– Kiedy wraca? – zainteresował się Bolek.

– Mówiła, że na Wigilię. Tylko nie wiem jeszcze, którą. I wiesz co? Coraz mniej mnie to obchodzi.

188

Zwłaszcza teraz, kiedy mam nowe zajęcie: lekcje jazdy. Okazało się bowiem, że z tym motylem to chyba nie jest taka bzdura. Co prawda jak na razie żaden amerykański kapustnik nie pokonał KC, za to trzy nasze dzielne pszczoły załatwiły na miesiąc rudego robota z ambasady. Na jego miejsce przyszedł prawdziwy człowiek. I w ciągu tygodnia rozdał wizy pięciu setkom zdesperowanych. W tym trzystu naszym z bajklandii.

– Oj, żeby wasz tak się nie śpieszył po te wize, toby nie musiał się przez krzaki przedzierać. Z komarami wielkimi jak wróble walczyć. Tylko by se po ludzku poleciał. Samolotem – odezwała się Drożdżakowa, specjalistka od gdybania.

– Ale kto mógł przypuszczać, że rudego mogą zepsuć trzy małe pszczółki – wtrąciłam, widząc, że babcia już zaczyna majstrować chusteczką koło twarzy.

– Ale za to po ludzku wróci – pocieszyła ją Drożdżakowa. – I dopiero będzie radocha.

– Na razie to wszyscy wyjeżdżają – mruknęła babcia.

Wczoraj odleciała kolejna partia desperatów, zwanych powszechnie szczęściarzami. I powiem ci, zrobiło się pusto jak na cmentarzu tydzień po Zaduszkach. Kolejki jakby się skróciły. W Mostowej zwolnił się stolik, a na kursie prawa jazdy – aż dwieście miejsc. No i wskoczyłam za Kowala, choć miałam zacząć od wiosny. Problem w tym, że nie mam jeszcze siedemnastu lat. Ale każdy problem da się załatwić za pomocą eksportowej szynki. Więc na kurs będę chodzić teraz, a papiery dostanę za rok. Z późniejszą datą, co mnie wcale nie martwi, bo i tak nie mamy auta.

Nie mamy, ale dostaniemy. W 1992 roku. A kto wie, czy wtedy nie będzie dłuższych kolejek na taki kurs? Lepiej zrobić, póki jeszcze jest benzyna.

To się zapisałam. Wybrałam malucha. Zdaniem Bolka to bardzo bezpieczne auto. Nie można w nim zginąć, bo „jest za mało miejsca na wyciągnięcie nóg". No i łatwiej się nauczyć parkowania.

A tylko to naprawdę liczy się na egzaminie. Parkowanie. Zresztą, skoro mamy dostać za siedem lat malucha, nie warto się męczyć na większym. I szpanować polonezem, jak Gracje. Poza tym ja się szybko uczę nowych technik. Jak już zajedziesz do nas swoim jaguarem, to wystarczą ze trzy kursy do Dziadowic i dam sobie radę.

Dziś była pierwsza jazda, na razie po placu. Instruktor, pan Wiesiek, niewiele starszy ode mnie, wzrostu ma pewnie tyle co moja babcia w gumiakach, za to język znacznie dłuższy. Co jest nie lada osiągnięciem, bo ona swoim spokojnie sięgnie do nosa. A pan Wiesiek? Mógłby jęzorem wyczesywać sobie śpiochy z rzęs.

– Dzięki temu oszczędzam na czasie i na wodzie – pochwalił się od razu. – Rano człowiek wstanie, machnie dwa razy językiem po gębie i gotowy do jazdy.

Dzięki temu pan Wiesiek może przyjąć dwunastu kursantów zamiast ośmiu, jak inni. A ja myślę, że tak naprawdę ma wzięcie z powodu kawałów. Zna ich setki. Większość to polityczne, sporo świńskich, a mnie na powitanie poczęstował takim:

Himalaista z największym trudem, po trzech nieudanych atakach, zdobywa wreszcie Mount Everest. Patrzy dumnie wokół i nagle dostrzega malucha, a w nim faceta palącego spokojnie papierosa. – Jak pan się tu znalazł? – pyta, jąkając się.

– Po prostu wjechałem.

– Tak bez kłopotu?

– Kłopoty były, ale instruktor na kursie uczył nas, że jak wzniesienie jest bardzo strome, to trzeba podjeżdżać na wstecznym.

– I to jest pierwsza informacja, jaką macie, Kropelkówna, wklepać na blachę.

189

Zdecydowana większość ze stu ankietowanych dyrektorów przedsiębiorstw produkcyjnych ma następujący stosunek do przeprowadzanych w kraju reform: „Wziąć na przeczekanie".

– Ja mam taki sam stosunek do zimy – przyznała się prababcia, podając nam srebrzystego relaksa.

Właśnie siedzimy przy kuchennym piecu, przygotowując jej stare buty do spacerów po szklistych, zimowych chodnikach. To znaczy Bolek przygotowuje, bo ja nie mam wprawy. Mam za to babcine dłonie. Silne, ale nieprzystosowane do precyzyjnych robót. A tu potrzeba precyzji, żeby rozgrzanym do czerwoności kozikiem powycinać w gumowej podeszwie zgrabne zygzaki. Im głębsze rowki, tym większa szansa, że nogi prababci przetrwają zimę w jednym kawałku. Ale nie można przesadzić, bo będzie po relaksach. I wtedy dopiero kiszka. Zostają tylko wypchane gazetą gumofilce, w których można wyjść co najwyżej za stodołę.

– Chyba już? – zastanawia się Bolek. – Wyglądają jak opony od traktora.

– Jeszcze ździebko. – Prababcia ostrożnie dotyka gumowych szram. – Wiesz, jakie te chodniki są śliskie. Tylko żebyś na wylot nie przeciął.

– Nie ma bola – uspokaja ją Bolek. – Ile ja już kozików stępiłem na relaksach... No, gotowe. Teraz wystarczy posmarować klejem i może prababcia śmigać nawet po szybach. Jak mucha.

Prababcia uśmiecha się, odsłaniając śnieżnobiałą protezę, a ja się zastanawiam, jak ci ją opisać. Nie tylko ją, ale i całą moją rodzinę, łącznie z Dziurawcem. Nie jest to takie łatwe. Co innego rodzina Bolka. Tam każdy wygląda jak z obrazu. I to nie byle jakiego, same z górnej półki. Tato Bolka, na przykład, to cały Monet sportretowany przez Renoira. Mama wygląda jak „pijąca absynt" z płótna Lautreca, a Drożdżakowa – jak jego „Klownesa chau-u-kao". Wkurzony Drożdżak to wykapany bizon z malowideł w Lascaux. No a u mnie? Nędza. Same pospolite twarze, do nikogo niepodobne. Twarze socjalizmu.

Więc zacznę od twarzy, na której ten socjalizm najmniej widać. Może dlatego, że pamięta czasy przedwojennego dobrobytu. Może nawet lepiej niż ostatnie lata.

Prababcia. Ma siedemdziesiąt dziewięć wiosen, postępującą kataraktę i ślepą wiarę w zagraniczne medykamenty. Wierzy, że kiedy uda nam się zdobyć Sachalin, wreszcie zobaczy prawdziwy, wspaniały świat. I pana Sitarza, jej wielbiciela, który przychodzi w każdy wtorek i czwartek. Prababcia siada sobie metr przed ekranem, pan Sitarz tuż obok i oglądają razem „Kobrę" albo jakiś amerykański film. Najlepiej o pięknych, bogatych, ale bardzo nieszczęśliwych. Jak Stephany Harpers, co to:

– Mogłaby se żyć spokojnie na jakiejś wyspie, zamiast udawać jakąś modelkę. Chowałaby sobie kurki, siała pietruszkę. To nie. Szuka guza.

– Bo scenariusz tak napisany, żeby ludzi przyciągał do telewizorów – tłumaczy Bolek.

– To nie dlatego. – Prababcia kręci głową. – Chodzi po prostu o to, że każdy nosi ze sobą wiaderko zmartwień. I czy bogaty, czy goły jak święty turecki, musi swoje wymartwić, wypłakać. Nie ma odpuść. Dlatego tak ta biedna Stefania się szarpie.

Prababcia wyciera kraciastą chusteczką oczy wzruszone nieszczęściem Stephany. A potem z nakastlika wyciąga zardzewiałą puszkę po przedwojennych herbatnikach i pokazuje swoje zdjęcia sprzed ponad pół wieku. Pan Sitarz nakłada dwie pary okularów w grubych rogowych oprawkach i przy kieliszku nalewki jarzębinowej zachwyca się przedwojenną urodą prababci. Jej włosami ułożonymi w fale, talią równą z biustem i biodrami. Wychwala jej usta wielkości dziesięciocentówki i oczy jak u karpia na świątecznym stole. Prababcia, niestety, nie może się odwzajemnić komplementami. Od trzech lat widzi wszystko przez mgłę (a ten cholerny Sachalin krąży gdzieś między Japonią i Szwajcarią). Więc poprzestaje na nieśmiałym chichocie i wyblakłych rumieńcach, które dostrzega już tylko zakochane oko pana Sitarza.

Babcia. Ma sześćdziesiąt lat i ogromne Janosikowe dłonie. Kiedy kroi chleb, zawsze urżnie kawałek stołu. O grubości kromek nie warto nawet mówić. Takie połączenie zbójeckiej krzepy i absolutnego braku finezji okazało się zabójcze dla wielu przedmiotów. Zwłaszcza szklanek. Dwie ostatnie bidule chowamy dla gości, reszta pije herbatę w grubaśnych kubkach kwaterkach. Ale ty się niczego nie bój, Chris. Żaden kubek ci nie grozi. Jako gościowi przysługuje ci cała szklanka. Oczywiście pełna herbaty Madras.

Wracając do babci – poza rękami Janosika ma serce Rumcajsa. Na szczęście nikogo na gościńcu nie napada. Oddaje ze swojej emerytury, co mi akurat nie przeszkadza. Ale już o czas jestem zazdrosna jak nie wiem co. Po pierwsze dlatego, że muszę się dzielić z innymi i jest to podział bardzo dla mnie niesprawiedliwy. No a poza tym co można dać komuś cenniejszego niż własny czas? Więc strasznie mnie złości, że babcia tak beztrosko nim szafuje, a dla mnie zostają marne okruszyny. Parę chwil między zupą a drugim daniem. I kilka wieczorem, pod warunkiem, że nie pada, bo podczas deszczu babcia idzie do Drożdżakowej posłuchać Deep Purple. Albo Sex Pistols. No i środy też mogę sobie odpuścić, bo wtedy odwiedza nas najwytrwalsza ze zbłąkanych owieczek: Jałowiec.

JAŁOWIEC

Jeden z parkowych muszkieterów. Zagląda do nas niby za robotą, ale tak naprawdę chodzi mu o parę groszy na wino. I o witaminy, jak zapewnia babcię.

– Takiej zdrowej zupy, pani Kropelkowa, to nigdzie nie dają. Same zielebce, ani śladu zasmażki. Wystarczy talerz i człowiek się czuje jak po detoksie. Może znowu od soboty pić na umór.

– Zaszyłbyś się, Michaś – prosi babcia, dolewając mu odtruwającej jarzynowej.

– Szkoda zachodu, pani Kropelkowa. Wystarczy, że przyjdzie pełnia i wszystko w człowieku wyje do księżyca. Ostatnim razem tak mnie ścisnęło, że pazurami wydrapałem esperal. No, pyszne były korzonki – chwali Jałowiec, wycierając usta w obrus. – Ale trza iść, bo kumple czekają. To trzymajcie się, dziewczyny.

W progu zatrzymuje się jeszcze, żeby ukradkiem wziąć od babci piątaka na wino. Poprawia swoje wieśniackie dzwony w dużą żółto-czarną kratę. Takie same noszą już tylko sędziwe emerytki z Florydy. Ale Jałowiec tego nie wie, dla niego czas zatrzymał się w 1975. Poprawia więc te swoje bistorowe dzwony w kancik i jak zwykle rzuca:

– Elegancik ze mnie, co? Ostatni krzyk mody.

– Rozpaczy chyba – mruczę pod nosem. Bo jestem zła, że taki Jałowiec musi wpadać właśnie do nas. I że przez niego babcia ma dla mnie jeszcze mniej czasu. Cholerna dobroć nieznajomych. Czasem żałuję, że ja nie jestem taką nieznajomą dla swojej babci.

– Zazdrośnica – odezwał się Bolek, zabierając się za relaksa Drożdżakowej. – Powiedz lepiej o brwiach.

A właśnie, brwi. Kruczoczarne, pieczołowicie kaligrafowane każdego ranka. Schodzą na nie co miesiąc dwie spore kredki, kupowane na targu od handlarzy. Kosztuje to niemało, ale warto zainwestować, jak twierdzi babcia. Wystarczy bowiem jedno zmarszczenie brwi, żeby dziadek odkurzył chodniki, a sklepowa zaprzestała sztuczek z wagą. Na mnie bardziej działa co innego: ich brak. Kiedy późnym wieczorem babcia wreszcie zmyje cały makijaż, robi się bezbronna. I naprawdę zmęczona.

– Ja mam podobnie ze swoją mamą – przyznał Bolek. – To znaczy raz to przeżyłem, ale nigdy nie zapomnę. Trzy lata temu mama wróciła z pracy. Siadła w kuchni i cisza. Zero rzępolenia, że naczynia brudne, pyry nieobrane, a kurzu więcej niż na strychu w „Zemście po latach". Nic. I ani słowa o nożyczkach.

– Niemożliwe!

– No serio, Ania. Zrobiło się tak smutno, że tato specjalnie stłukł jej ulubiony wazon. Mieliśmy nadzieję, że to ją sprowokuje. Ale nie. Mama nawet nie pobiegła sprawdzić, co się stało. Siedziała dalej w kuchni, zamyślona. Jakaś taka żałośnie mała. A jak zobaczyłem, że na stole stoi szklanka z zimną herbatą, to tak mnie ścisnęło w gardle, że aż mi struny głosowe zabrzęczały.

– Nie dziwię się – przyznałam. Jeszcze nigdy się nie zdarzyło, żeby mama Bolka dała radę wytrzymać, aż herbata ostygnie do 50 stopni Celsjusza. Czasem nie czeka nawet, aż porządnie się naparzy w czajniczku. Tylko buch, dziubek do ust i po esencji.

– Na szczęście na drugi dzień jej przeszło, bo inaczej nasze serca i uszy by tego nie wytrzymały.

Mnie też ściska, jak widzę babcię pozbawioną brwi. Dlatego wolę zasypiać wcześniej. Żeby nie patrzeć, jak przemyka o północy do swojej sypialni.

– Możesz przecież spać w pokoju prababci.

Wielkie dzięki! Budzę się koło północy i zaczynam nasłuchiwać. Oddycha, czy nie oddycha? Może powinnam biec po dziadka? Uff, odetchnęła. Ale może za rzadko pobiera tlen? Ile wdechów na minutę powinna wykonać zdrowa, w miarę sprawna staruszka? A jeśli moja bezczynność spowoduje jakieś straszne uszkodzenia? Znowu cisza! A może prababcia właśnie umarła i stygnie? Rany boskie!

– Absolutnie odpada. Zresztą sama prababcia nie chce, bo ją budziłam co pół godziny. Już wolę brak brwi i mój przechodni pokój.

A poza tym nie cierpię zmian. Chcę codziennie rano widzieć przez okno to samo: krzak czerwonej porzeczki, opleciony nasturcją. Cztery pomarańczowe śmierdziuchy trochę zagubione wśród morza nagietków. I mój ukochany czarny bez, przytulony do rozłożystego orzecha. A jak pomyślę, że kiedyś wyjrzę przez okno i nie będzie tam tych wszystkich roślin, to ściska mnie jeszcze bardziej niż na widok obranej z brwi twarzy mojej babci.

190

Dziś króciutko, bo mam roboty huk. A nawet dwa huki, czyli sześć zaległych ćwiczeń z matmy, dwa z fizy i wypracowanie na angielski. I jeszcze przygotować mikołajkowe drobiazgi dla pięciu kapryśników oraz jednego niewymagającego Drożdżaka. Dobrze, że nie uczestniczę w klasowych mikołajkach. W zeszłym roku dałam się namówić. I jak to ja, podeszłam do zadania ambitnie. Wypstrykałam się z kieszonkowego, nastałam w papierniczym, żeby zdobyć odpowiednie rekwizyty. A potem Kryśka otworzyła starannie zapakowane przez Bolka pudło i usłyszałam: „Fajne, będzie dla ciotki pod choinkę". Na to poszła równowartość jedenastu „Filipinek". Na prezent dla jakiejś ciotki! A sama dostałam wydrążony bochen, z nadzieniem w postaci broszurki: „Chów świń". I nawet nie wiem, od kogo. Bo kto by się przyznał. Więc w tym roku sobie odpuszczę. Zwłaszcza że i tak nie brakuje mi wydatków. Za to bardzo brakuje czasu.

A to wszystko, powiem ci, przez dziadka. Bo gdyby tu był, to już dawno byśmy machnęli zadanka z matmy i drobiazg dla Drożdżaka. Te z fizyki zrobiłby za mnie w nocy, słuchając jednym uchem (tym większym) Radia Wolna Europa. I zostałyby mi tylko wypracowania + prezenty dla wybrednych. A tak? Siedzę oparta o piec i bezskutecznie walczę z tylkozą. Już piszę, tylko zobaczę, ile stopni w sieni i jeszcze za oknem. Tylko zaparzę sobie herbatę. Już się biorę, tylko posłucham, co jest na trzynastym. Shakin' Stevens, czyli Stefan Trzęsiołek, jak go nazywa tato Bolka. Przełączmy na jedynkę i sprawdźmy, jaki jest stan wody na Odrze. Podwyższony. No to znowu zobaczmy na Trójkę. Republika, niech leci. A ja rzucę okiem, czy w lodówce jest coś poza echem. I dołożę parę szczap do pieca. A czas śmiga. To może zacznę od tego wypracowania na jutro? Mamy opisać swój dom, albo chociaż jeden pokój (wersja dla leniwych). Interesująco, co oznacza, że można puścić wodze wyobraźni. Ale bez cwałowania, jak w drugiej a, gdzie połowa klasy opisała salony z „Pogody dla bogaczy" i z „Izaury". London zagroził, że za słowa: „marmury", „kominek", „baldachim" i „kandelabry", będzie obniżać ocenę.

– Za „stiuki" i „kasetony" również. Lubię fantazję, ale nie rodem z oper mydlanych, zrozumiano?

Zrozumiano. Tylko co ja mam teraz napisać? Prawdę? Żeby wyszło, że mieszkamy w oborze? No tak, Chris, w oborze, bo jak się dobrze przyjrzysz, to zobaczysz między deskami podłogi klepisko. Stara komoda w sypialni babci wygląda jak kontener na kiszonki. Drewniane łoże przypomina wóz drabiniasty, a szafa – boks dla koni. Więc może stajnia, zwłaszcza że obok szafy stoi mój stary, wyliniały osiołek na biegunach. Dobrze, że jest też toaletka. Niestety, z lustrem upstrzonym przez stajenne muchy. I jeszcze siennik wypchany słomą. Zgroza. A na ścianie za łóżkiem zielony dywan drukowany w maki. Na nim ogromne obrazy Jezusa Miłosiernego i Maryi Jakiejśtam. Zaraz spytam babci, jakiej dokładnie.

– Babciu!?
– Nooo?
– Ten obraz z Maryją w niebieskiej sukni, ten obok Jezusa z sercem na dłoni...
– Noooo?
– ...to jaką dokładnie Maryję przedstawia?
– No jak to, jaką? Normalną Matkę Boską.

Aha, czyli obraz Matki Boskiej Normalnej. W niebieskiej sukni, jej ulubionej. A pod spodem – plakat Madonny w różowym gorsecie. To mój jedyny wkład w wystrój sypialni dziadków. Na feriach będę musiała popracować nad zmianą, wiesz? Dołożę do zestawu twój plakat. Tak dla równowagi.

Rozglądajmy się dalej. Mój pokój. Ściany w kolorze siana, ozdobione wzorkiem z wałka. Nie wiem, czy słowo „ozdobione" w pełni oddaje to, co wałek zrobił ścianom, czyli tysiące topornych, zielonych kaczuszek, podobnych z profilu do Drożdżakowej. Tyle że Drożdżakowa jest znacznie ładniejsza. A poza kaczuszkami – słomiane makatki z tysiącem opakowań po zagranicznych papierosach. No cóż, muszę się pogodzić z faktem, że moi bliscy nie są potomkami Petroniusza. I jak tu znaleźć zalety tego wieśniackiego domu w stylu wczesnogierkowskiej obory?

A właściwie kto powiedział, że mam znaleźć jakiekolwiek zalety? Postawię na prząśną szczerość i opiszę wszystko ze szczegółami. Łącznie ze źdźbłami słomy wystającymi z klepiska. I tak mi nikt nie uwierzy. Przecież mam rodzinę w Ameryce, nie?

*

I miałam rację. Nikt nie uwierzył. Nawet London. Nikt też specjalnie nie słuchał. Wiesz, czemu? W naszej klasie pojawiła się Nowa i od razu skupiła uwagę wszystkich. Bo to nie byle jaka Nowa, tylko córka Prawdziwego Opozycjonisty. Człowieka, który walczy o wielkie sprawy, a nie bawi się w opozycję za pomocą „Małego drukarza", jak tata Bolka, co wydrukował za pomocą gumowych czcionek cztery dowcipy o policjantach, a potem stracił zapał.

– Już łatwiej przepisać ręcznie – wyjaśnił, odkładając drukarza do pudła z podpisem: „Rozczarowania i porażki".

Tato Nowej to naprawdę prawdziwy opozycjonista. Dla nas, mieszkańców betonowej bajklandii, słowo „opozycja" brzmi równie egzotycznie jak „kosz dojrzałych bananów", więc przyglądamy się Nowej uważnie. A na przerwie w kiblu męskim dzielimy się wrażeniami i zmiętoszonym sportem. Zdaniem Leszka wcale nie widać, że jej stary to opozycjonista.

– A jak powinna wyglądać córka opozycjonisty? – zainteresował się Bolek. Przyszedł jak zwykle niby umyć ręce, a tak naprawdę pogadać.

– No... powinna mieć duże, ciężkie okulary, zmęczone od dymu oczy, zaczesane na bok tłuste włosy...

– ...nieudolnie zakrywające łysinę, no i jeszcze kędzierzawą niechlujną brodę? – dokończył Bolek.

– Ale ktoś leje! – wtrącił Słoniu. – Słyszycie? Jak koń Przewalskiego. Pewnie Bombowiec z trzeciej ce. Smoli piwo w kantorku razem z Kojakiem. A potem niedziwne, że tak leje.

– Zaraz brodę – wrócił do obgadywania Nowej Leszek. – Po prostu uważam, że córka opozycjonisty nie powinna wyglądać jak... jak...

– Jak żyleta, Domański. Nie wstydźmy się tego słowa. – To London. Wyszedł z toalety i postanowił się przyłączyć do dyskusji. – Tak á propos, to ja jestem owym czarnym koniem trojańskim. I co wy na to, Słonina?

– No cóż, pomyliłem się – przyznał Słoniu, chowając za siebie niedopałek sporta. – Trudno tak na słuch rozpoznać człowieka.

– A jeszcze trudniej konia, co? – London zarżał. – No dobrze, wybaczam pomyłkę. A teraz oddajcie mi tego sporta, zanim wam wypali dziurę w łapie. To nie jest papieros dla amatorów.

London to smakosz sportów. Jak głosi na co drugiej lekcji, mięczak, który nie potrafi docenić ich aromatu, powinien rzucić palenie.

– Nooo, teraz lepiej. Właściwy papieros we właściwych ustach. Ustach znawcy. – Zaciągnął się duszącym dymem. – Wracając do córki opozycjonisty, ciekaw jestem, jak ją ocenia złośliwe oko Kropelkówny.

Zaraz złośliwe. To fakt, że nabijam się czasem z tego i owego, ale jeśli chodzi o Nową... to dla mnie wygląda jak błękitnooka Nadzieja. Ale przecież tego nie powiem klasowym twardzielom. Po co? Żeby się śmiali?

– Nowa? Jest całkiem okej.

191

Nawet bardzo, bardzo OK. Bo, po pierwsze, też chodziła do muzycznej. W Dziadowicach. I też miała do czynienia z Rosolakową, która tłukła ją po łapach smyczkiem od wiolonczeli. Jak to usłyszałam, od razu polubiłam Nową. O dwieście procent mocniej.

– Wiadomo, że nic tak nie zbliża ludzi, jak wspólne cierpienia – skwitował Bolek.

No a poza tym Nowa słucha Duranów i U2, tak jak ja. No i też lubiła kiedyś KajaGooGoo. Była nawet na ich koncercie w Kielcach. Ja nie pojechałam, bo byłam na nich wściekła za to, że wywalili cię z zespołu. A tak naprawdę nie starczyło biletów.

– Mnie załatwił wujek, cudem prawie.

– I jak wrażenia?

– Z odległości stu metrów szczegóły się zacierają – przyznała Nowa. – Dlatego lepiej obejrzeć teledysk.

– Ale przecież po koncercie zawsze można doczołgać się bliżej i próbować zawalczyć o autograf.

– I tak zrobiłam. Razem z tysiącem najbardziej zagorzałych fanów przebiliśmy się przed sam autobus KajaGooGoo. Ja celowałam w drzwi, bo tak sobie wymyśliłam, że może, poza autografem, wyszarpię choć jedną nitkę ze swetra perkusisty...

– Tobie też się podoba nietoperz Jazza? – jęknęłam z zachwytu. – Ten z plakatu w „Panoramie"?

– Inaczej nie ryzykowałabym, że mnie tłum rozmaże na drzwiach autobusu.

– I co, zdobyłaś?

– A gdzie tam! Po godzinie warowania okazało się, że muzycy wyszli bocznymi drzwiami i wsiedli w inny autokar. Tamten to była fałszywka, ustawiona dla odwrócenia uwagi. Zaraz pognaliśmy do drugiego autobusu, ale już ruszał. Więc zdążyłam tylko pstryknąć zdjęcie Nickowi, jak macha zza szyby. I po wszystkim.

– Obiecała, że pokaże mi tę fotkę – pochwaliłam się Bolkowi.
– Fajnie. I dlatego Nowa jest okej?
Nie tylko. Jest super z bardzo wielu powodów. Na przykład, okazało się, że w dzieciństwie i ja, i ona robiłyśmy widoczki, czyli sekrety. Ona na osiedlu, a ja za domem.
– Każda dziewczynka robiła. Wiem, bo z chłopakami sporo ich wykopaliśmy – przyznał się Bolek, zapamiętale polerując okulary swoim chińskim podkoszulkiem. – Założę się, że nawet Kryśka ma na koncie jakiś widoczek.
– Na pewno zrobił za nią ktoś inny – odparłam i wróciłam do wyliczania podobieństw. – Obie bawiłyśmy się w łażenie po ogrodzeniu. – Ja, żeby opanować lęk wysokości. – No i trenowałyśmy przerzutki przez siatkę.
Przerzutki, jakbyś nie wiedział, to niezwykle szybki i efektowny sposób pokonywania ogrodzeń. Bardzo przydatny podczas ucieczki przed stróżem. Lub właścicielem działki.
– A tego Kryśka na pewno nie robiła – ciągnęłam. – Wolała grać w gumę.
– Wiem, bo skakała pod moim blokiem. Dzień w dzień. I chyba nigdy się nie skuła. Inna sprawa, że umiała wmawiać koleżankom, „jak było naprawdę". A Gracje?
– Od przedszkola zwisały na trzepaku głową w dół. – To taki ich sposób na przyśpieszenie wzrostu włosów. – A poza tym Nowa też kochała się w Zorro i uwielbia kogel-mogel.
I tak jak ja nie cierpi drzyzganych tureckich dżinsów w róże. Nosi je prawie każda laska w szkole. Do tandeciarskiego płaszcza Shoguna. I perfum Currara.
– Pocieszacie się, bo po prostu was nie stać – podsumowała Kryśka, posiadaczka nowiutkiego płaszcza Shoguna. – I zazdrość was ściska, że inne mogą sobie pozwolić na fajną kurtałkę.
Też coś. Jestem pewna, że Nową byłoby stać nie tylko na płaszcz Shoguna, ale i na całą zbroję. Tylko że ona nie wybiera obnoszonej pseudoelegancji. Bo jest inna niż reszta. I za to też ją lubię. Za oryginalność.
– A jakby była taka sama to co? – dopytywał się Bolek.

– To też bym ją lubiła, przyznaję. Bo tak naprawdę nie ma znaczenia, jaka ta Nowa jest. Po prostu czuję, że ją polubię. I każda nowa informacja tylko tę sympatię pogłębia. Rozumiesz?

– Aż za dobrze – odparł Bolek, pomagając mi obierać ziemniaki na obiad.

– Ale oczywiście miło się dowiedzieć, że jesteśmy aż tak podobne. Co zjesz na drugie?

– Ziemniaki z surówką.

– Nie będzie ci przykro, że zażeramy się sznyclami?

– Na pewno nie – odparł Bolek i umilkł. Chciałam go wreszcie zapytać, czemu nie je mięsa, ale w tej samej chwili zadzwonił telefon. Dziadek!

– Cześć, Anulka! Babcia jest? – Jeny! Słychać go, jakby rozmawiał z drugiego pokoju. Kiedy dzwoni Bolek, są takie szumy, że musimy krzyczeć na pół osiedla.

– Pobiegła stanąć do kolejki. Bo potem, jak wyjdą ludzie z pracy, to sam wiesz... – Walka o ogień.

– To dzisiaj pracująca sobota?

– Niestety. – Nikogo nie obchodzi, że są andrzejki. Dobrze, że chociaż nie trzeba wkładać mundurka. No i nikt nie robi sprawdzianów.

– A która to u was będzie?

– Za pięć druga. Szykuję właśnie obiad.

– U nas nie ma jeszcze ósmej. Za godzinkę jadę do pracy. Mojej drugiej dzisiaj – pochwalił się dziadek. – O świcie roznosiłem mleko i przy okazji wyzbierałem puszki.

No proszę, w bajklandii przez czterdzieści lat nie mógł się zdecydować na przejście do innego działu, a tam nie minął miesiąc i dziadek ma już dwie prace.

– A jak mama?

– Zapracowana, ale zawsze uśmiechnięta. – Krótko mówiąc, przeciwieństwo Drożdżaka. – Spotyka się z takim jednym. Przyjechał niedawno z Dziadowic i pracuje w tym samym domu, co mama. Jest ogrodnikiem.

– A mama gdzie pracuje?

– Do południa opiekuje się trójką dzieci. Najstarsza z dziewczynek, Sheila, wygląda zupełnie jak ty przed czterema laty. Tylko trochę wyższa jest. I wiesz co? Mama strasznie ją polubiła.

No to superowo. Nie dość, że Sheila jest wyższa, to jeszcze moja mama strasznie ją polubiła.

– Aha, i to od niej masz te wszystkie ciuszki. Mama nic nie musi kupować. Super, nie?

– Powiedz mamie, że są za małe – mruknęłam. I w ogóle okropne.

– Zostawię jej kartkę, bo stale się mijamy. Teraz jest z dziewczynkami. A potem do północy opiekuje się taką przesympatyczną staruszką. Wykapana prababcia, tyle że o dwanaście lat starsza. Ale kondycja ta sama.

– Mama pewnie też ją polubiła?

– Bardzo – przyznał dziadek. – A tu naprzeciwko mieszka pani Kovalsky.

– Zupełnie podobna do babci? – przestraszyłam się (ze względu na dziadka).

– Nie, ale ma kota podobnego do Dziurawca. I ten kot, wyobraź sobie, najbardziej lubi właśnie nas. Mnie i mamę.

– A Dziurawiec tęskni – poinformowałam go.

– Aha... – Dziadek przełknął głośno ślinę. – Wiesz co? Muszę już kończyć, bo jeszcze chciałem pozamiatać bekjard. – Proszę, proszę, już nie „podwórze", tylko „bekjard". – I chciałem się ogarnąć przed pracą. To, Anulka, uściskaj wszystkich, Dziurawca też. I do usłyszenia! – Odłożył słuchawkę.

– I co? – zapytał Bolek.

– Ma tam kopię prababci, Dziurawca i moją także. To po co będzie wracał.

– Wiesz, że kopia zawsze się różni od oryginału. I przeważnie na niekorzyść – próbował pocieszyć mnie Bolek. – Zresztą dziadek długo tam nie wytrzyma, przy jego wrzodach i alergii na plastik.

– Na razie ma dwie prace i szuka trzeciej.

– Zawsze był pracowity. Tylko odkurzać nie cierpi. Jak każdy.

– No dobra, dziadek zawsze lubił pokręcić się po obejściu. Ale pamiętasz młodego Gorczycę? Jego ojciec dzwonił do dziadka i pochwalił się, że Tadek już zdążył nadrobić zaległości w szkole, mimo że do późna pracuje w samie. A ja przez miesiąc nie mogłam go nauczyć, czym się różni pantofelek od chlorelli.

*

Układam sobie pasjansa (w końcu mamy andrzejki) i cały czas rozmyślam, jak to się dzieje, że tam ludzie mają tyle energii. Nie tylko Amerykanie, ale i nasi. Ledwo wysiądą na Green Pointcie, odeśpią lot i od razu pełna gotowość. Plecy wyprostowane, włosy podniesione na szczotce, uśmiech zawieszony na pekaesach, błysk w oku. Tu, w bajklandii, nic się ni da, niczego ni ma, nawet sensu, a tam? Wszystko staje się jasne, proste. I absolutnie opłacalne. Bolek mówi, że tak właśnie wygląda pierwsze stadium choroby dolarowej. Znika katar i bóle w woreczku, kręgosłup robi się elastyczny, łokcie twarde, a z prawej dłoni wyrasta ogromna ściera. Albo miotła. Ale są też mniej przyjemne objawy. Coraz bardziej drażni cię pesymizm tych, co zostali po drugiej stronie barykady. Ich szarość i „ni da się". Najpierw cię złoszczą. A potem o nich zapominasz.

Na razie wyszło mi z pasjansa, że już niedługo odwiedzisz bajklandię i że dziadek do nas wróci najpóźniej na wiosnę. Tego pierwszego jestem absolutnie pewna, ale w to drugie coraz trudniej mi uwierzyć.

192

Wczoraj był naprawdę wspaniały dzień. Rano znalazłam pod poduszką prezent od pięciu Mikołajów. Same cudowności! Od prababci – plastikową plakietkę z Sandrą. I jeszcze superprasowankę z twoją podobizną. Prosto ze strzelnicy. Nawet nie wiesz, jak trudno taką zdobyć. Musisz trafić w drucik grubości wkładu od długopisu. Niby bułka z masłem, ale nie przy oszukiwanej strzelbie. Właściciel strzelnicy tak wygiął lufę, że łatwiej postrzelić sprzedawcę niż wcelować w drucik. Słoniu kiedyś się zaparł, że zestrzeli mi satynową różę. Po dziesięciu próbach zrezygnował. I jeszcze kazał oddać połowę kasy. A tu proszę, prababci jakoś się udało. Mimo tej zaćmy.

Dostałam jeszcze czeską odżywkę do włosów zmaltretowanych trwałą – od Drożdżakowej. I czeski batonik. Od Drożdżaka – trzy pomarańcze. Od babci – dwa metry satyny w bajecznym kolorze morskiej zieleni. A od Bolka – niespodziankę, wieczorem.

*

Ale to nie koniec prezentów. Po szkole Nowa spytała, czy możemy wracać razem.

– No pewnie! – Ledwo się powstrzymałam, żeby nie skoczyć z radości pod sufit szatni.

– A ten twój ... – wskazała Bolka, który czekał już z teczką.

– To tylko kumpel – zapewniłam. – Nic mu się nie stanie, jak raz wróci sam. Zresztą i tak mieszka po przeciwnej stronie miasta. Oszczędzę mu drogi.

– Zawsze cię odprowadza?

Kurczę, jak się zastanowić, to właściwie zawsze, chyba że później kończy lekcje. Ale nigdy nie traktowałam tego jak odprowadzanie. Po prostu tak się jakoś składało, że wyłaziliśmy ze szkoły razem. Pod Kaprysem Bolek powinien odbić w lewo, ale zawsze był tak zagadany, że zapominał. I nagle się okazywało, że jesteśmy przed moim domem. No to wchodził na zupę, cały czas paplając. Nie wiem, czy ci mówiłam, ale z Bolka jest straszliwy gaduła. Ćwierka i ćwierka jak papużka falista. Bez ustanku. To dziś sobie dla odmiany pomilczy. Wyjaśniłam Bolkowi, że spotkamy się dopiero wieczorem, bo teraz odprowadzam Nową.

– Idziemy w CAŁKIEM inną stronę – dodałam, patrząc w podłogę.

Odparł, że nie ma sprawy i poszedł sobie. Od razu zrobiło się pusto. I zimno, jakby nagle ktoś otworzył wszystkie lufciki.

– W sumie to mógł z nami wracać – bąknęłam, zła na samą siebie. – Chociaż do Kaprysu.

– Zależy ci na nim?

– Coś ty! To tylko kumpel. Jego babcia mieszka obok nas i pewnie dlatego mnie odwiedza – dodałam takim tonem, jakbym przepraszała za wizyty Bolka.

– Nie mogłabyś się zakochać w kimś takim? – drążyła Nowa, starannie zawiązując sznurówki w swoich zamszowych mokasynach.

– Zakochać? Chyba żartujesz!

Dla mnie prawdziwa miłość nie istnieje bez tęsknoty. A jak można tęsknić za facetem, który cały czas jest tuż obok? Budzi cię o siódmej rano, tłukąc śnieżkami w szybę, wieczorem nie daje zasnąć, dzwoniąc pięć razy, żeby opowiedzieć jeszcze jeden głupi kawał. Albo streścić idiotyczny radziecki film, który widział przed chwilą. W dodatku ta wieśniacka czapka z pomponem. Nawet ty nie wyglądałbyś w niej najlepiej. Tylko że ty nigdy byś nie włożył takiej. Nie, o żadnej miłości nie ma tu mowy.

– A co myślisz o Słoniu? Przystojny nawet, nie?

Przystojny, w dodatku wyrobiony. I jeszcze dobrze się uczy. Ale jakoś za nim nie przepadam. Bo z tego Słonia to był kiedyś niezły oszust. Na przykład w czwartej klasie. Obiecał, że nam załatwi magiczny proszek, po którym się znika. Bierzesz szczyptę, posypujesz czubek głowy i pyk, na dwie godziny nie ma cię dla świata. Ja się strasznie napaliłam. Najbardziej z całej klasy, bo pomyśl, ile osób można by nastraszyć i ukarać! O, na przykład taką zmorę Rosolakową, co po łapach bije smyczkiem i wpisuje głupie uwagi do zeszytu. Mnie machnęła: *Pazury jak u diabła. Obciąć do żywego mięsa!!!* A jak zerkniesz ukradkiem na zegarek, od razu wrzask taki, że się sam dyrektor muzycznej za serce łapie. Rosolakowa to postrach całej muzycznej, nie to, co Cebulińska. I frytkami się podzieli, i udaje, że nie widzi, jak uczeń zmęczony dźwiganiem skrzypiec podeprze się łokciem o żebro. I plus dopisze do chudej trójczyny. Złoty człowiek. A że jak wiadomo, w przyrodzie i ekonomii gorsze wypiera lepsze, złotą Cebulińską zastąpiła Rosolakowa z kamienia. Ale z proszkiem od Słonia to bym mogła stawić czoła nawet woźnemu. Więc czekam na ten proszek i czekam. A po tygodniu Słoniu dzwoni i mówi, że żartował. I że takiego proszku po prostu nie ma i nie będzie. Jeszcze się nabijał, że uwierzyłam. Dobrze, że zaliczkę oddał.

– Nie jest w moim typie – skwitowałam, bez wdawania się w szczegóły.

– A kto jest? I co właściwie powinien mieć ten twój typ?

Telewizor z Peweksu, frotowe skarpetki, a w salonie strzyżony dywan. Tak uważa Kryśka. Ale ona szuka tylko obciuchanych. Z dużymi łapami, żeby nie mieli problemów z odkręcaniem słoików. I odważnych, żeby się nie bali schodzić do piwnicy po ogórki, nawet o północy. Pewnie dlatego od pół roku poluje na Słonia. Za to Gracje szukają księcia. I trochę je rozumiem. Trzeba ustawiać poprzeczkę wysoko. A nie cieszyć się, że byle prostak z Dziadowic zaprosił cię na festyn. Nie dość, że marnie tańczy, to jeszcze w połowie zabawy każe ci zetrzeć szminkę z ust, bo „będzie całował". To już wolę księcia. A tak naprawdę wybrałam, prawie rok temu. Ciebie. Ale na razie, dopóki mieszkasz tam, a ja tu, nikomu ani słowa. Lepiej, jak nikt o tym nie wie.

*

A jednak się myliłam. Wie jeszcze Bolek. Albo się domyśla, sądząc po prezencie, który mi wręczył wieczorem. Na początku myślałam, że to mapa. Ale jak rozwinęłam, mało nie zemdlałam z wrażenia. Twój portret namalowany temperą, w skali jeden do jeden. Klęczysz na lewym kolanie, tak jakbyś wyznawał mi dozgonną miłość. W jednej dłoni trzymasz mikrofon, a w drugiej bukiet moich ukochanych piwonii. Po prostu szok. Żaden, ale to żaden plakat z „Bravo" nie umywa się do obrazu, który namalował mi Bolek.

– Myślałem, czy zamiast twarzy Limahla nie narysować swojej – wyznał, wbijając gwoździk nad moim tapczanem. – Ale pomyślałem, że jednak bardziej ucieszysz się z Limahla. I może jemu uda się przepędzić te cholerne pershingi krążące ci nad głową.

– Na pewno! – Uradowana cmoknęłam go w policzek, a potem w drugi, dla symetrii.

– Aż mi gwizdnęło w uszach – rzucił, poprawiając okulary. – Dobra, dosyć tych czułości, bo się przyzwyczaję i co będzie, jak stąd wyjadę?

Też się martwię. Bo z tego Bolka jest naprawdę kochany człowiek. Mógłby mi przecież powtarzać, że nie mam u ciebie szans, albo się nabijać, jak Kryśka z mrzonek Gracji. A on co? Jeszcze wyszykował mi taki prezent! Chyba zacznę się martwić, że chce stąd prysnąć.

193

Dziś Nowa zaprosiła mnie do siebie. To znaczy już nie Nowa, tylko Ewelina. Mieszka w jednym z trzech wieżowców, naszych drapaczy chmur. Ma czteropokojowe mieszkanie z dużym balkonem. Nie to, co u Bolka – dwadzieścia pięć centymetrów wypustki. Akurat tyle, żeby postawić jedną stopę. Po co komu taka namiastka balkonu? Co najwyżej gołębiom się przydaje, bo mają na co srać. Ale w mieszkaniu Eweliny jest taki normalny balkon. Półtora na metr. Można nawet wcisnąć leżak. Szkoda tylko, że to na dziewiątym piętrze. Ja cierpię na taki lęk wysokości, że nawet nie zbliżam się do okna. Nie ma mowy. Jeszcze mnie coś zassie i polecę z wrzaskiem w dół przez osiem pięter. Plus parter. Na wszelki wypadek usiadłam tuż przy drzwiach i ostrożnie rozglądam się po pokoju. Ładnie, luksusowo nawet. Suto marszczone aksamitne zasłony, na korytarzu boazeria po sufit a w salonie kwiecista tapeta. Bolek by powiedział, że naćkane jak na obrazach Vuillarda. Ale ja lubię, jak jest tyle wzorków. Łatwiej się schować w kącie i udawać jeden z bibelotów. Na przykład ruską lalkę z rumieńcami jak dwa jabłuszka.

– To twoja mama? – wskazałam zdjęcie przedstawiające wymalowaną blondynkę w tureckim kożuchu, pozującą na tle ogromnego kołowrotka z Cepelii. – Drożdżakowa, moja sąsiadka, też sobie zrobiła podobne. Tylko że zamiast kożucha ma kurtkę z nutrii. – A na głowie czapkę z lisa, wielkości baniaka. – To jakaś nowa moda?

– Moja mama ubrała się tak specjalnie, dla taty. Zobaczy kożuch i będzie już wszystko wiedział. Dobrobyt. – Uśmiechnęła się z przymusem. – Zresztą wiele osób robi takie zdjęcia dla bliskich, których los zmusił do wyjazdu.

– Podobno niektórzy – wiem od Jałowca – pozują do zdjęć w naszym parku, ubrani w najgorsze łachmany. Wszystko po to, żeby wydębić parę dolców więcej. Zmotywować rodzinę do większej szczodrości. Ale ja tak nie robię – zapewniłam.

– Nawet by mi to nie przyszło do głowy, Ania. Napijesz się czegoś?

– Nie, dzięki. – Kultura nakazuje, żeby choć raz odmówić. Jak bardziej zgłodnieję, to najwyżej pójdę do łazienki napić się ciepłej wody. Tylko nie wiem, czy przy pierwszej wizycie wypada iść do łazienki. Kurczę, Kamyczek nic o tym nie pisał. Może nie będę musiała, może mój żołądek choć raz zachowa się po ludzku. I udowodni, że jego właścicielka regularnie czytuje porady w „Filipince"? Tylko czy taki flak ma poczucie przyzwoitości? Zwłaszcza po tym, co mu zaserwowałam na śniadanie? Może zechce się mścić?

– To ja zrobię herbaty. – Tak właśnie powinna zareagować gościnna gospodyni.

Ewelina wyszła do kuchni. A ja czekałam w pokoju, przyklejona do skajowego fotela. Cisza, brzęcząca w uszach cisza, z gatunku tych, które działają jak powiększające lustro. Bo oto nagle dostrzegasz wszystkie plamy od długopisu na swoich topornych paluchach. I zupełnie nie wiesz, jak ułożyć nogi, żeby nie było widać nierówno pofarbowanych rajstop. W dodatku, na dużym palcu puściło oczko. Najchętniej wkręciłabyś stopę w parkiet, ale niestety, za twardy. Dębowy, co ci od razu przypomina o starych dechach w sypialni dziadków. Już lepiej myśleć o stopie. Spróbujmy ją wsunąć głębiej pod fotel. A brudne od tuszu łapy upchniemy w rękawach swetra.

– Proszę. Prawdziwa yunnan. Słodzisz?

– Właściwie nie, to znaczy pół... łyżeczkę... proszę. – W domu sypię więcej, ale w gościach wiadomo. Szczyt bezczelności to poprosić o dwie łyżeczki cukru. Może w ogóle powinnam zrezygnować ze słodzenia?

– Proszę. Podoba ci się mój pokój?

Czy podoba? Wiem jedno: po powrocie muszę zrobić porządek w swoim. Słomianka z opakowaniami po fajkach – do kosza. Inaczej nie będę mogła zaprosić Eweliny. Umarłabym ze wstydu!

– Pewnie nie. Wiem, przez fotele. Strasznie się lepią, prawda?
– Coś ty! Jest super, chociaż myślałam, że będzie więcej... –
Jakby to ująć. No wiesz, oznak, że jej tato jest w opozycji. Jakieś
ulotki, zdjęcia z więzienia, powielacz.
– Nie można się tak afiszować. Najważniejsze to zachować pozory.
Od razu widać, że Ewelina ma doświadczenie w tych spra-
wach. Ja oczywiście postawiłabym powielacz na telewizorze. No,
ale mój tato nigdzie nie walczy. W ogóle nic nie robi, bo go po
prostu, najzwyczajniej w świecie nie ma!
– Jak to jest mieć takiego tatę? – spytałam, rozprawiając się
z zadziorem przy kciuku.
– Jakiego? Takiego, który walczy? – Kiwnęłam głową. – No tak,
ty nie możesz wiedzieć, bo w bajklandii przecież nikt nie walczy.

*

Nikt nie walczy?! Jak to? Przecież my cały czas walczymy,
Chris. Każdego dnia. O rosołowe bez kości. O benzynę do kremo-
wych maluchów. O juniorki, bez których Słupnik nie wpuści cię
do klasy. O węgierski szampon pachnący bananami tak apetycz-
nie, że Drożdżakowa próbowała nim zaprawić domową lemonia-
dę. O ciepłą wodę w sobotę i turkusową wilbrę, za pomocą której można przerobić komunijne baleriny na supermodne
pantofle. No a ja jeszcze walczę o „Dziennik Ludowy" z twoim
plakatem. I o „Panoramę" z Sandrą. Więc jak sam widzisz, o mnóstwo rzeczy walczymy.
– Tylko nie o to, co najważniejsze – podjęła Ewelina. – O Polskę.

*

– Babciu, dlaczego nie walczyliście o Polskę?
– Znaczy, kto nie walczył? Ja i Drożdżakowa?
– Nooo... wszyscy w bajklandii. Zamiast chwycić za... za...
– Właśnie za co? – dopytywała się babcia. – Skoro nawet ko-
sy porządnej nie mamy.
– Tato Eweliny też nie ma, a nie siedział biernie.
– Ja też nie siedziałam, Ania. Jak tylko zaczęły się strajki i po-
wstała w kombinacie Solidarność, od razu poszłyśmy się z Gie-
nią Drożdżakową zapisać. A potem galopem na zebranie w remi-
zie. Włazimy na salę. Sami młodzi wąsacze. Poważni, przejęci,

rozprawiają o raju, który nastąpi, kiedy już runą mury. „Będzie wreszcie po ludzku, jak należy! Baba będzie babą, chłop chłopem, a mięso bez kartek. I każde na swoim miejscu". „Czyli gdzie?" – zainteresowała się Gienia. „No, jak to, gdzie? – zirytował się przywódca. – Chłop będzie w stalowni, baba przy piecu, a mięso na haku. Nie tak jak teraz, pod ladą". Wtedy nie wytrzymałam i pytam, jaka jest nasza rola w tej walce.

– I jaka jest?

– Mamy wspierać duchowo i czekać z gorącym rosołem na znużonych burzeniem bohaterów.

– Czyli to samo, co zawsze – skwitowałam. – I co zrobiłaś?

– A co mogłam? Dosłuchałyśmy do końca i poszłyśmy tam, gdzie nasze miejsce, do kuchni.

194

WSZYSTKIEGO NAJ, NAJ, NAJLEPSZEGO, CHRIS!!! Spełnienia marzeń, nawet tych maciupeńkich, bo, jak mawia babcia, właśnie one nadają życiu smaczek. Poza tym samych „niekończących się przebojów", dzięki którym pokonasz na liście wszystkich, nawet Madonnę. I żeby zawsze drukowali twoje plakaty w „Panoramie". A Bolek ci życzy...

– No, weź coś powiedz – szturcham Bolka.

– To możesz mu życzyć, żeby się nie przejmował wzrostem. Najważniejsze to mieć ogromne serce, sympatyczny uśmiech i ładną czapeczkę. Dlatego tak lubimy krasnoludki.

– Ależ ty jesteś wredny! Ja cię tu proszę o kilka miłych słów, a ty!

– No to... – Bolek poskrobał się po włosach. – Powiedz, że mu życzę megakoncertu u nas na błoniach. Lepszego niż ten, który miało KajaGooGoo w Kielcach.

A Drożdżakowa życzy ci samych udanych eksperymentów z fryzurami. W razie czego zaprasza do siebie na trwałą. A ja? Ja ci życzę, żebyś odnalazł kobietę, która kocha cię najbardziej na całym świecie. Bajklandia, Poziomkowa 51.

Chętnie bym ci wysłała prezent, ale mam tylko adres do fanklubu w Londynie. Mogą zapomnieć ci przekazać, o ile w ogóle dostaną cokolwiek. Lepiej niech poleży u babci w komodzie. Odbierzesz, jak nas wreszcie odwiedzisz. Razem z zaległymi, z poprzedniego roku.

– Pozdrów go i ode mnie – polecił pan Wiesiek. – Powiedz, że ma u mnie plusa za to, że wybrał jaguara. Aha, i zapytaj go koniecznie, czy wie, jakie są cztery plagi PRL-u.

– Jakie?

– Wiosna, lato, jesień, zima. A teraz, Kropelkówna, wróć na ziemię i wrzuć dwójkę!

W czwartek mieliśmy drugą jazdę. Dalej po placu manewrowym, bo na więcej nie starczyłoby benzyny. A ja myślałam, że taki mały fiat to pali minimalnie.

– Czasem mały, a czasem ho, ho – pochwalił się pan Wiesiek.

– Zależy w czyje rączki trafi.

Ten pan Wiesiek to w ogóle jest nieźle napalony. Ciągle tylko o jednym. Pewnie dlatego, że za wcześnie się ochajtnął. A założona nie w porę obrączka uwiera jak kolczatka.

– I to założona kolcami do środka. Ale co miałem zrobić, jak żeśmy z moją wpadli? – zadał sobie retoryczne pytanie. – Nie było wyjścia.

E tam, nie było. Mój ojciec je znalazł.

– Tylko że twój dziadek nie stał nad nim z wiatrówką, mała. Skręcajże w lewo, bo słupek skosisz.

– Nie musiał pan wpadać.

– I wcale nie chciałem, ale mi Sądejowa z kiosku przy dworcu wydała resztę erosami. Starymi, jak się potem okazało.

– Przecież wiadomo, że to straszna szachrajka! – Nie dość, że do każdego zakupu obowiązkowo dokłada „Trybunę", to mnie dwa razy próbowała wcisnąć wybrakowany „Dziennik". Bez plakatu w środku. I jeszcze kłamała, że „dziś nie załączyli, bo im zabrakło kolorowej farby". Oszustka jedna.

– Ja tam nie wiedziałem, że oszukuje. Byłem młody, naiwny i oszczędny. To pomyślałem, że trzeba „resztę" zużyć, co się ma walać po szufladach. A potem to już szybko poszło. Trzask prask i się człowiek obudził w tej, no, kolczastej obroży. Skręcaj.

– W normalnym kraju to by pan dostał resztę w złotówkach i nawet nie myślał o zaręczynach. Wszystko przez kryzys.

– Dlatego tak nie cierpię polityków.

*

Ja też nie cierpię polityków. Za to, że marnujemy na nich deficytowy papier w gazetach, zamiast wydrukować więcej plakatów. Za to, że zabili w naszym kraju nadzieję i demokrację. Ale najbardziej nienawidzę ich za to, że swoimi rządami zmienili tysiące idealistów w pokornych strażników amerykańskich toalet.

79

I że z Polski nadal wyjeżdżają tłumy zdolnych, wykształconych ludzi. Bo tu nikt ich nie potrzebuje.

– I myślą, warchoły, że jak utrudnią dostęp do paszportów, to coś da – warknęłam. – Jak się nic nie zmieni, wyjadą wszyscy.

– Nawet ja.

– Jak wyjadą wszyscy, to nic się nie zmieni – odparła Ewelina.

– A co tu się może zmienić?

– Sporo.

– Sporo? – Poczułam, jak serce bije mi coraz szybciej. A może dopiero teraz zaczęło bić naprawdę? Bo wcześniej trwało w letargu, jak cała bajklandia?

– Weźmy, na przykład, naszą klasę. Podoba ci się?

– Myślisz, że inne są lepsze?

– Nie wiem, jakie są inne. Trafiłam właśnie do tej, Ania, i powiem ci jedno: wiele można by tu zmienić. Gdybyście tylko dostrzegli, gdzie tkwi problem.

– A gdzie tkwi? – zapytałam z nadzieją.

– Tego właśnie ci nie powiem. Sama się domyśl.

*

OK, nie ma sprawy. W czwartek od rana uważnie rozglądam się po klasie. Co jest nie tak? Wiadomo, wszystko. Ale co szczególnie? Spódnica Huby porozpychana na baloniastym brzuchu? Zimno. Brudne ściany? No brudne i obskubane, jak zawsze. Ludzie z klasy? Cieplej. Tylne rzędy? Dobrze, coraz cieplej. Przedostatnia ławka w rzędzie od ściany? Gorąco. Bingo! Tu tkwi główna przyczyna zgrzytów!

Główna przyczyna ma sprytny uśmiech, tatę dyrektora i włosy rozjaśnione na żółto wodą utlenioną. Siedzi i bezczelnie wsuwa bułkę z kartkową kiełbasą, choć wie, że za chwilę sprawdzian, a ona jak zwykle nic nie umie. I nie musi. Tydzień przed klasyfikacją jej mama pojawi się w szkole, z siatami pełnymi francuskiej kawy, wędzonej szynki, bombonier wielkości stolnicy i innych pyszności dostępnych tylko za bony. Zostawi te dary jak trzej królowie, a w zamian Kryśka otrzyma kolejną szansę. I jak zwykle pozdaje wszystkie komisy w jeden dzień. Siedem egzaminów, choć zgodnie z kodeksem można zdawać tylko dwa. Ale Szymon Słupnik potrafi docenić peweksowskie specjały.

*

– Pozdaje, a my będziemy na to wszystko patrzeć. Co prawda wymownie...

– Tylko to umiemy robić – zirytowała się Ewelina. – Rzucać wymowne spojrzenia.

– Przecież twój tato walczy.

– On tak, a reszta się przygląda.

– Nie wszyscy. Na przykład Bolek co roku robi dla proboszcza literę V z białych i czerwonych kwiatów. I nocą 11 listopada zanosi ją przed kościół. – Raz, o mały włos, a złapaliby go zomo-wcy. Na szczęście Masaje biegają znacznie szybciej niż pałkarze. – A w stanie wojennym rzucał zmiętą „Trybunę" przed budynek KC.

– Dla mnie to tyle co wymowne spojrzenie, Ania. Efektowne, ale bezskuteczne. Trudno, nie każdy jest stworzony do działania. Są tacy, co tylko patrzą. Wymownie.

Poczułam się jak tchórz. Oblany zimnym potem, umierający po tysiąc razy zwykły cykor. Czy ktoś taki zasługuje na przyjaźń?

– Ania, co robisz dzisiaj? – odezwała się Ewelina. Tak znienacka, że aż drgnęłam. – Wpadłabyś do mnie, bo mam nowy katalog od wuja. To jak?

*

Wróciłam z budy jak na skrzydłach. Szybko machnęłam zadanie, zjadłam migiem wodnistą zupę, zrzuciłam granatowe ciuchy i wyprułam z domu. Kwadrans później byłam już w windzie jadącej na dziewiąte piętro.

– Wskakuj. Właśnie zaczynam oglądać. Mamo, zrób nam herbaty!

– Wystarczy woda z kranu – odparłam, uwalniając stopy z przyciasnych kozaków. Mama ciągle zapomina, że mam stopę 37 i wybiera mniejsze. Ciuchy też wysyła jak na dwunastolatkę. Dobrze, że tylko raz w roku.

– E tam, będziesz piła kranówę. Dam ci sodową, z syfonu. Świeżo nabity dzisiaj. I jak?

– Super te bąbelki, aż gryzą w nosie – pochwaliłam. – Nam się zawsze trafiają zwietrzałe naboje. Nawet nie próbuję wlewać wody, już lepiej zużyć resztki gazu, pompując go wprost do ust.

– Też tak robię, a potem jęczę, że mam brzuch wielkości arbuza. Patrz! Ale genialna bluzka. Ta szafirowa z kokardą na ramieniu.

81

– Super! U nas takie będą za dwa lata pewnie. Wszystko zależy od tego, kiedy Życzyński pojedzie do Turcji po nowy towar.

– Słyszałam od Aśki, że Kapuśniak też jeździ. I to nawet dalej, bo do Indii.

– No jeździ, ale kompletnie się nie zna na modzie. Patrzy tylko na cenę i czy łatwo schować. – Inna sprawa, że Kapuśniak to mistrz pakowania. Ostatnio przeszmuglował trzy letnie sukienki w pudełku po klubowych. A w słoju po musztardzie cztery pary haftowanych kapci.

– Zostaje jeszcze Hoffland. Mogłybyśmy skoczyć na feriach zimowych. Wsiadłybyśmy w nocny, o piątej byłybyśmy na miejscu. I od razu prosto do kolejki, może nawet udałoby się wepchać do pierwszej dwudziestki. A o dziewiątej bieg na ruchome schody i szaleństwo zakupów! Co ty na to?

Wspólny wyjazd z Eweliną po superciuchy! Co można na to powiedzieć?

– Czemu nie. Ale rewelacyjne szpilki.

– A u nas tylko czarne albo białe. I tylko brązowa pasta.

– Za to wilbry do skór wszystkie kolory tęczy.

– Ja i tak nie umiem jej używać – przyznała się Ewelina, podając mi szklankę w srebrnym koszyczku. – Raz pomalowałam swoje czarne baleriny na bordowo, to od razu odpryski się porobiły przy palcach. Po jednym spacerze.

– Bo trzeba rozcieńczyć farbę – odezwałam się tonem starego wyjadacza. Ma się to doświadczenie w obserwowaniu Bolka zajętego domową przeróbką ciuchów i obuwia. – A potem kładziesz kilka warstw, cienkich jak pajęczyna. I nie musisz nawet pastować.

– Ale ty się, Ania, znasz. I to właśnie ty... a przecież mogłabyś kupować wszystko w Peweksie.

– Wszystko to może nie... – Upiłam łyk herbaty. – Pewnie trudno w to uwierzyć, ale... Kurczę, widzisz te spodnie? Jaki genialny materiał. A u nas? Tylko białe firanki i stylon na fartuchy robocze.

– Nie zapominaj o kryształku na kokardy. Tylko kto dziś nosi komunijne kokardy, poza Gracjami? – prychnęła z lekką pogardą.

– Można z niego kleić butle gazowe albo woreczki na oranżadę.

– Albo mundurki – podsunęła Ewelina. – Byłyby bardzo praktyczne.

- Spora oszczędność na proszku, bo przecież ten materiał niczego nie wchłania. Raz na tydzień człowiek by tylko strzepnął kurz, przetarł szmatką do połysku i wskoczył w pancerz. No nic. – Zerknęłam na żurnal. – Dobrze, że można chociaż popatrzeć na fajne fotki.
- A ty nie dostajesz od mamy?
- Dostałam kilka. – Ostatni dwa lata temu. – Ale już mi się znudziły. Ciągle to samo przeglądać.
- Wszystko się może znudzić – przyznała Ewelina. – Nawet największe luksusy.
- E tam, mnie by się banany nigdy nie znudziły.
- Mnie także.

To chyba najpiękniejsze słowa, jakie możesz usłyszeć z ust ważnej dla ciebie osoby. „Mnie także" albo: „Ja też". Ja też nie cierpię wodnistych glutów w jajkach. Mnie też nudzi serial „W kamiennym kręgu". Ja też uwielbiam zapach chińskich gumek.
- Na równi z zapachem donaldówy.
- Donaldówy? – zdziwiła się Ewelina. – Dlaczego?
- Bo tym właśnie pachnie moja mama.

DONALDÓWA Z PEWEKSU

Tydzień przed Wigilią dostajemy niewielką paczkę. W denku jednej z puszek jest zawsze ukryty studolarowy banknot. Tak jest bezpieczniej niż wysyłać pieniądze w liście. Całą kasę trzyma oczywiście babcia, na co zgadzają się wszyscy, łącznie z Dziurawcem. W dzień Bożego Narodzenia, po świątecznym śniadaniu, babcia odlicza prababci cztery dolary (lądują pod siennikiem w lnianym woreczku razem ze zdjęciem pradziadka Janka i drugim, mniejszym, Karola Sitarza), trzy – dziadkowi (dwa dolary wyda na żytnią, a trzeciego odda mi na urodziny) i wreszcie dwa dolary dla mnie! Sobie bierze trzy (przydadzą się dla nieznajomych), pięć dolarów odkłada na nieprzewidziane wydatki, resztę zaś do bieliźniarki. Z przeznaczeniem na mieszkanie dla mamy. Kiedy wróci, będzie jak znalazł.

Zaraz po Nowym Roku biegnę do Peweksu, Sklepu Dla Wybrańców. Najpierw długo stoję przed drzwiami, z nosem tak mocno przyklejonym do szyby, że sprzedawczynie mogłyby zobaczyć mój mózg. Mogłyby, gdyby zechciały zerknąć poza swój biust opakowany w tureckie mohery. Wreszcie włażę do sezamu i przez pół godziny przebieram. Co kupić na początek? Dezodorant Fa za 30 centów czy mydło Rexona i batonik? A może „Bravo" z najnowszym plakatem Duranów? I wiesz co? Zawsze wybieram dwie paczki donaldówek, bo to ostatni zapach, jaki kojarzy mi się z mamą. Żułam właśnie jedną, bawiąc się resorakiem, kiedy usłyszałam CAŁĄ PRAWDĘ.

– Do jakich Stanów? Tych za Bojanowem?

– Tych normalnych, mamo. Zośka już wysłała mi zaproszenie i teraz staram się o paszport.

– Ale dlaczego, Marysiu?

– Bo tu nie ma przyszłości!

– Jak to nie ma? A kombinat?

– Dzięki za taką przyszłość. Bezsensowna harówa i codzienne pedałowanie do pracy, razem z tysiącami innych wyrobników.

– Nie zapominaj, że wśród nich jest twój ojciec!

– Żebym chciała, nie mogę. Do końca życia będę widzieć ten paskudny odrapany rower czekający na codzienną porcję kilometrów!

– A jak nie dostaniesz wizy?

– Będę kombinować i wyjadę na lewo! Muszę! Czy wy nie rozumiecie, że jeśli tu zostanę, to za parę lat będę takim samym trupem jak to miasto, jak...

– ...jak my? A co z twoją córką?

– Ma przecież was. A poza tym na pewno wrócę na Wigilię. Każdy wtedy wraca.

Wtedy właśnie dowiedziałam się, że moja babcia jest prababcią, rodzice – dziadkami, a zwariowana, o prawie osiemnaście lat starsza siostra jest moją mamą.

I wiesz, co? Właśnie wtedy poczułam, jak bardzo ją kocham.

*

– Przez ponad dziesięć lat dałaś się wodzić za nos? – zdziwił się pan Wiesiek. – Jak to możliwe? Ty, taka sprytna, wyszczekana Kropelka, co nawet księdzu Antoniemu nie odpuści, pozwoliłaś se dmuchać w kaszę? Ja nie mogę! – Gwizdnął, nie wiadomo z czego taki zadowolony.

– W jaką kaszę? – oburzyłam się. – Po prostu uwierzyłam bliskim i tyle. Pan widział swój akt urodzenia?

– Tylko przelotnie, przed ślubem.

– A robił pan dziecku badania krwi?

– Właściwie to nie. – Pan Wiesiek przygryzł kciuka. – Ale te-
ściowa mówiła, że młody to skóra zdjęta ze mnie.

– Mnie dziadkowie mówili to samo. Że jestem wykapana „Marysia Kropelka". Tylko nie sprecyzowali, która.

– A na wywiadówki, kogo wzywali?

– Nikogo. Babcia sama chodziła. – Wtedy myślałam, że to mama. I co tu dużo kryć, trochę było mi głupio, że jest tyle starsza
od innych mam.

– I nikt ci nic nie wychlapał? – nie dowierzał pan Wiesiek. –
Żadna uczynna koleżanka?

– Drożdżakowa może i ma mnóstwo wad, ale paplą nie jest. –
Jak jej powierzysz sekret, to nawet tobie nie powtórzy. Zwykle
dlatego, że go wyrzuci do kosza podczas sobotnich porządków.

– Ale ja myślałem o jakiejś twojej koleżance. Z piaskownicy
albo trzepaka. Skręć tutaj. Światła!

– Ja nie miałam koleżanek – odparłam, wrzucając kierunkow-
skaz. – Tylko mamę.

– I nikt nie rzucił przy tobie żadnej dziwnej uwagi?

– Teraz, z perspektywy sześciu lat, to widzę, że padały różne
dziwne teksty.

Na przykład raz Rosolakowa zagroziła, że jeśli dalej będę zapominać etiud, to pogada na poważnie z dziadkiem. „On ci już
pokaże, gdzie raki zimują" – dodała, z satysfakcją. „Przecież
dziadek Janek nie żyje od trzech lat" – pomyślałam wtedy, ale
zaraz wytłumaczyłam sobie, że takie upiory jak Rosolakowa na
pewno mają niezłe znajomości w podziemiu. Pewnie w sobotnie
noce zaprasza do siebie całe to podejrzane towarzystwo z dzia-
dowickich bagien. „Ale przecież babcia zawsze powtarzała, że jej
mąż to chodzący po ziemi anioł – pocieszyłam się. – Więc nie będzie się wdawał w pogawędki z byle zmorą". Uśmiechnęłam się
do siebie, co Rosolakowa uznała za kolejny dowód bezczelności
i okazję do wpisania następnej wrednej uwagi.

– Żałujesz?

– Czego?

– Że żyłaś złudzeniami.

– A pan żałuje, że w dzieciństwie wierzył w elfy i Świętego
Mikołaja?

– Ja nadal wierzę, Kropelkówna, i mam w nosie, co sobie myślą inni. Klakson!

195

Od wyjazdu mamy coraz mniej lubię Wigilię.
– Ja też nie przepadam – przyznał Bolek, robiąc z bibuły jeżyka na choinkę. – Ze względu na ławę.
– Jaką ławę?
– No tę niską, z dużego pokoju. Podaj klej.
– Nie mów, że jecie przy niej wigilijną kolację!
– Niestety. – Pokiwał głową.
Wyobraziłam sobie trójkę Rozpaczyńskich żłopiących barszcz z talerzy ustawionych na wysokości kolan. I Bolka okrytego ręcznikiem, chroniącym przed zaplamieniem koszuli.
– Niestety, zawsze się gdzieś chlapnę. A jak rok temu ręcznik mi wpadł do barszczu, to dopiero był krzyk. Jeszcze większy niż o zgubione nożyczki.
No tak, przedmioty. Potrafią napsuć krwi. Mnie na przykład denerwuje ten dodatkowy talerz, dla zbłądzonego wędrowca. Tylko mi przypomina, że wędrowiec się nie zjawi. Bo dobrze mu u obcych. I listów też już nie lubię. Bo pokazują to samo. Podobnie jak coraz rzadziej wysyłane paczki, pełne niepotrzebnych, za małych bluz Fruit of the Loom. I za dużych spodni dresowych.
– Jesteśmy dla niej fantomami. Ja mam dalej dwanaście lat. Ty ważysz o dziesięć kilo więcej. A prababcia nie ma jeszcze żadnej zaćmy.
– Miło byłoby cofnąć czas – rozmarzyła się prababcia. – A jak Karol by się cieszył. Właśnie! Byłabym zapomniała, Karol będzie u nas na Wieczerzy.

– I Michaś też przyjdzie – oznajmiła babcia. – Nie będzie tak pusto.

Super! Zamiast dwóch najbliższych mi osób: obcy stary facet i parkowy pijaczek.

– To może polecę po jakiegoś jabcoka – prychnęłam. – Jak zabawa to zabawa.

Babcie nic nie odrzekły. Ale obie spojrzały tak, że ze wstydu mało nie spaliło mi policzków. Wiem, przesadziłam. W sumie to nic nie mam do Jałowca. Tylko niech nie wrzeszczy za mną, jak wracam po lekcjach z kumplami. Tu, w bajklandii, naprawdę niewiele potrzeba, żeby zyskać etykietkę dziwaka. Czasem wystarczy za długa, zbyt kwiecista spódnica. I koniec. Jesteś naznaczony na wieki.

– O której przyjdą? – burknęłam.

– Chyba już, bo ktoś dzwoni. – Babcia podreptała do drzwi.

Wróciła za chwilę, niosąc w ręku kopertę. Amerykańską, od razu poznałam.

– Kartka. Od mamy i dziadka razem. – No tak, żeby było oszczędniej. – Przekazali przez Staszka Krasowskiego, bo akurat wracał na Wigilię.

– A co w środku? Pokaż.

Babcia podała mi kartkę. Otworzyłam. Najpierw życzenia od producenta, a pod spodem: *Happy Christmas from Dziadek, Mom and Family*. I ze 150 dolarów. Góra szmalu. Powinnam się cieszyć, ale nagle do mnie dotarło, że i dziadek już nie zechce wrócić. Że wciągnęły go te jaskrawe neony, wesołe reklamy, a może co gorsza już się zaraził chorobą dolarową. Powiedziałam o tych obawach babci. Po raz pierwszy w życiu podniosła na mnie głos.

– Bzdury gadasz! – krzyknęła, trzaskając drzwiczkami od pieca. – Dziadek ma organizm z hartowanej stali. I nigdy niczym nie dał się zarazić. Nawet tyfusem w czterdziestym szóstym. Nie da się i teraz.

– Ale tu miał się czym dezynfekować! A tam? Wódka na myszach i to w cenie tygodniówki! Więc już pewnie go chwyciła ta zaraza dolarowa. I widzi wszystko na zielono! – Zaczęłam płakać.

– Nic nie chwyciło, bo mu na Mikołaja wysłałam nalewkę z jarzębiny – pocieszyła mnie babcia. – Poza tym obiecał, że wróci. A jeśli chodzi o obietnice, to dziadek jest jak Indianin.

No właśnie! Każdy wie, co zrobiono w Ameryce z Indianami. Cholera, już po dziadku!

– Ani się waż tak mówić! – huknęła babcia, biała jak kartkowy cukier. – Bo naprawdę wyjdę z nerw i po raz pierwszy przyłożę ci jaką ścierą! A wiesz, czym to grozi!?

Wiem, przy jej sile, utratą ucha. Co najmniej.

– Dziadek wróci i już. Nie ma innej możliwości. A jeśli jest – dodała łamiącym się głosem – to ja nie chcę o niej słyszeć. Nie dziś! Zrozumiano?

Kiwnęłam, ścierając łzy z kuchennego stołu, a babcia poczłapała do sypialni. Słyszałam, jak otwiera skrzypiące drzwiczki nakastlika. Pewnie wyjmuje swoje krople na serce. Wtedy do mnie dotarło, że ona też się boi. Może nawet bardziej niż ja. Postanowiłam, że już więcej nie dam jej powodu do zmartwień. To jest takie moje świąteczne postanowienie. Od dziś będę udawać, że wierzę w powrót dziadka. Co tydzień będę kupować „Fantastykę" i pastować jego ulubione mokasyny, na brązowo. Niech czekają na powrót. Razem z marynarką, zakopiańską laską, książką od Drożdżakowej. I razem z nami.

*

Wigilia i po Wigilii. Pan Sitarz już poczłapał do siebie. Prababcia postękuje z przejedzenia. Wcale się nie dziwię, bo zazwyczaj jej kolacja składa się z kawałka chleba, w który zawija: tabletki na serce i nadciśnienie, pastylki na żołądek, silimarol i witaminę C. Do tego szklanka wody z kropelkami na sen. Więc dwanaście łyżek ciężkostrawnych potraw może spowodować wstrząs.

Babcia szykuje koszyczek dla znajomych Jałowca. On zaś zawinął rękawy swojej musztardowej koszuli non-iron i zawzięcie szoruje naczynia. Miałam pomóc mu wycierać, ale muszę się przygotować do pasterki. To znaczy wypisać karteczki z wróżbą. Potem w czasie dzwonów wyjmę z kieszeni dwie i już będę wiedzieć wszystko. Co mnie spotka w przyszłym roku. Kto mnie pokocha, kto polubi i w ogóle. Już mam przyszykowane trzy karteczki. „Wielkie kłopoty w szkole", „Przyjazd Limahla" i „Przyjaźń Eweliny". Jedną zostawię pustą, co oznacza wielką niewiadomą. Mogłabym oczywiście, pokombinować jak Kryśka, i wypisać same dobre wróżby. Ale nie. Co ma być, to będzie.

– Ja też się tak bawiłem – przypomniał sobie Jałowiec, delikatnie opłukując jedyne dwie szklanki. – W sześćdziesiątym czwartym. Wyszło mi, że stracę ukochaną. Ale za to będę sławny. No i jest. Bo w bajklandii wszyscy znają trzyosobową drużynę Jałowca. Tylko czy o taką sławę chodzi.

– Nie narzekam. – Jałowiec uśmiechnął się. – Zwłaszcza w taki dzień jak dziś. Bo wiem, że to i owo jednak mi w życiu wyszło.

*

Chętnie bym się spytała, co takiego, poza prawą czwórką i trzonowcami. Ale musiałam pognać na pasterkę. Nie można się spóźnić na dzwony, bo tylko wtedy masz pewność, że wróżba się spełni. Zziajana sięgnęłam do kieszonki na sercu. „Wielka kosmiczna katastrofa", „Bolesne rozstanie". Może spróbuję jeszcze raz? „Ważna wiadomość". Zaczynam żałować, że nie kombinowałam jak Krycha.

SYLWESTER

Zaraz wybieram się na zabawę. Zgadnij gdzie? Do Eweliny! Zaprosiła mnie wczoraj, razem z osobą towarzyszącą. Od razu włączyłam myślówę, kogo tu zabrać. Ty pewnie bawisz się w Londynie, chyba że dajesz koncert gdzieś w lepszej części świata. George Michael (twój zastępca) na pewno szaleje w Studio 54. Zostaje tylko Bolek.

– Nie lubię takich imprez. Wolałbym posiedzieć z twoją babcią i pograć w master minda. Albo w wista, na rozkazy.

– To tylko kilka godzin – prosiłam.

– Sama mówiłaś, że najcenniejsze, co można oddać drugiemu człowiekowi, to czas.

– Więc ja na to nie zasługuję?

– Problem w tym, że ten czas oddam zupełnie obcym mi ludziom.

– To zróbmy tak: ty pójdziesz na cztery godziny, a ja zapomnę o złocie.

– Ale ja o nim nie zapomnę. Leży mi na wątrobie jak stary bigos.

ZŁOTO DLA ZUCHWAŁYCH

Sierpień, wracamy z kolonii w Rumunii. Przez Związek Radziecki, bo gdzieś trzeba wydać zarobione z takim trudem ruble. Postój w mieście Gorki, gdzie Hubie udaje się opchnąć trzy ostatnie pary dżinsów arizona, a mnie – zobaczyć sześć pomników Lenina w parku wielkości szkolnego podwórka. Wreszcie zbieramy się przy autobusie. Każdy obciążony złotem. Złotem, które trzeba ukryć.

– Ja wciskam swoje do tubki z pastą – oświadcza kierownik Słupnik. – I tobie też radzę, Zdzisiu.

– Sama nie wiem – waha się Huba. – Podobno prześwietlają i od razu wychodzi jak na dłoni. Nie dość, że złoto do kasacji, to jeszcze pasta zmarnowana.

– Najbezpieczniej jest połknąć – podpowiada kolonijna higienistka. – Operacji nam nie zrobią przecież.

– Nam to może by i machnęli, ale takiej Baczyńskiej, co ma niecałe szesnaście lat, to chyba nie – zastanawia się kierownik.

– Oczywiście że nie – zapewnia higienistka. – Oni młodocianych nie tykają.

– W takim razie trzeba łykać. – Kierownik omiata grupę wzrokiem, wyszukując idealnego „przewoźnika". – Słuchajcie, młodzieży. Znajdzie się odważny, który zaryzykuje za swojego wychowawcę?

Cisza. Wszyscy patrzą na koniuszki swoich osmalonych na ciemny brąz paluchów.

– Może ty, Baczyńska?

– Nie wiem, panie kierowniku. To takie ryzyko.

– E tam, ryzyko. Co to jest łyknąć dwa małe woreczki?

– Trzy, bo jeszcze mój – wtrąca Huba. – Ale powiedzmy, że za ten woreczek miałabyś ocenę wyżej.

– I dwie dodatkowe enki? – podbija stawkę Baczyńska. – I przestałaby mnie pani profesor wyzywać od matołów przy klasie?

– Mogę spróbować – zastanawia się Huba.

– A pan – zwraca się Baczyńska do kierownika – nie będzie mi co lekcję mówił, że powinnam pracować jako dojarka w Irkucku. Na pewno? To ja poproszę o te woreczki. I o jakąś herbatę.

– Nie ma herbaty – odzywa się kierownik. – Ale może być wódka.

– Jak może, to musi – zgadza się zrezygnowana Baczyńska. – Takie to życie ofiary systemu.

– A mnie mogłabyś połknąć? – niby nieśmiało odzywa się Słoniu, kolonijny cwaniak. Sprzedał 12 par okularów przeciwsłonecznych, 10 kartonów papierosów Kim, 30 opakowań biseptolu (uchodzi za skuteczny środek antykoncepcyjny) i sporo fikuśnych zielonych szminek, które na ustach zamieniają się w perłoworóżowe. A teraz wiezie w jednym woreczku pięć pierścionków, zaś w drugim mnóstwo dolarów. Całe dwadzieścia. – To jak? Połknęłabyś?

– A ty nie możesz? – broni się Baczyńska.

– Z facetami się nie patyczkują, tylko kroją, aż kiszki latają po dyżurce. A ciebie, Aśka, nikt by nie tknął. To jak? Dasz radę wrzucić jeszcze jeden woreczek?

– I jeszcze nasze! – zgłaszają się Gracje, ocierając pot ze swoich kryształkowych kokard.

– Mój też byś zmieściła, co?

– I nasz!?

Teraz już wszyscy wyciągają w stronę Baczyńskiej swoje woreczki ze złotem. A ja? Ja nawet nie mam woreczka. Zresztą po co mi? Na jeden marny pierścionek z koralem?

– Mogę ci połknąć za Baczyńską – zaofiarował się Bolek.

– Przecież facetów podobno krajają.

– Zaryzykuję. To jak?

Podałam mu pierścionek.

*

Postój w Przemyślu. Już po rewizji. Przejrzeli wszystko. Rozbabrali bagaże, pocięli oparcia foteli, zajrzeli do opon, nie podarowali nawet slipkom kierownika. Ale Baczyńskiej nie ruszyli.

– Nie mówiłem? – cieszy się kierownik, siorbiąc zupę z flaków. – A wy, Baczyńska, jedzcie ten bigos. No, nie guzdrajcie się jak mleczarka w... To znaczy, przepraszam. Po prostu jedzcie i dajcie znak, jak się coś ruszy.

– Chyba już – stęknęła Baczyńska, chwytając się za brzuch.

– Już? – jęknęli prawie wszyscy, oprócz mnie i Bolka.

– To łap, dziewczyno, za łyżkę i do roboty!

– I w żadnym wypadku nie spuszczaj wody! – przypomniał jej kierownik.

Zostaliśmy na zewnątrz, czekając niecierpliwie niczym ojciec na pierwszego syna. A Baczyńska pracowicie wyciskała kolejne woreczki.

– Mam jakiś w kwiatuszki!

– To mój – pisnęła Huba. – Sama wyszywałam!

– A JB?

– Na razie jest jakiś z napisem Słon...

– Słonina! – poprawił ją rozradowany Słoniu. – Tylko porządnie wypłukaj!

– I co z tym JB? – niecierpliwił się kierownik, obgryzając zadziora przy kciuku.

– Nie ma!

– To przyj, a nie guzdrasz się jak...

– Oj! Bo się zestresuję i tyle pan zobaczy swoje złoto!

– A jak tam u ciebie? – pytam nieśmiało Bolka.

– Na razie nic. Musimy czekać.

Wróciliśmy do bajklandii. Skończyły się wakacje, a my nadal czekamy na złoto.

*

No to jesteśmy. Ja z Bolkiem, Ewelina ze Słoniem, Ola z Domańskim i Gracje z kokardami. A reszta – sami nieznajomi. Na oko wszyscy starsi. Nawet od Bolka. I wszyscy super zrobieni, zwłaszcza dziewczyny. Szmaragdowe gorsety z adamaszku, miniówy z falbankami i burżujska woda z Peweksu. Blaze, poznam ją na kilometr. Ja, niestety, pachnę polonijną Miss Punk. Ładna, ale tak się ma do Blaze, jak miętowy do czekolady z orzechami. Pewnie bym się zamartwiała tymi miętówkami, gdyby nie to, że zaczęto odliczać północ.

– Dziesięć, dziewięć... Czekajcie! Zapomniałem odjąć trzy minuty – krzyknął Słoniu, trzymając w dłoni swój elektroniczny zegarek, z Węgier. Bajer, ale trochę się śpieszy. Siedem minut na tydzień.

– To znaczy, że przegapiliśmy? – zmartwiły się Gracje.

– Ale problem. Trzy minuty w tę albo we w tę – mruknął Bolek, dorysowując na balonie karykaturę Słonia. Niby kilka kresek, a każdy pozna, o kogo chodzi. I będzie obciach.

– W tym wypadku trzy minuty znaczą rok więcej.

– I to jest powód do radości?

– To czemu wszyscy na świecie tak hucznie obchodzą Nowy Rok? – spytałam, biorąc z tacy dwa kieliszki szampana.
– Żeby zagłuszyć smutek przemijania? – zastanawiał się Bolek.
– A może żeby jeszcze raz zacząć wszystko od nowa?
– Ludzie, uwaga, jeszcze dwadzieścia sekund! Piętnaście – zaryczał Słoniu i zaczął finałowe odliczanie. – Dziesięć, dziewięć...
– Pięć, cztery, trzy, dwa, jeden. Hura!!!!! – wrzasnęliśmy wszyscy. A oprócz nas Kowalscy z dołu, z góry, z prawej i lewej. Z ulicy Lenina i Dwudziestopięciolecia. Wiwatowała cała bajklandia, a wraz z nią Dziadowice. I reszta świata, bez podziałów na gorszą i lepszą połowę.
Polało się igristoje i wszyscy ruszyliśmy do składania życzeń. Nie jest to łatwe, jeśli nie znasz człowieka, a chcesz wyjść poza banalne: „Wszystkiego najlepszego". No, bo czego właściwie życzyć szczupłej brunetce dopiętej na ostatni guzik? Luzu? A temu blondynowi jak Dieter Bohlen z Modern Talking? Żeby znalazł drugą połówkę i stworzył zespół? „Wszystkiego najlepszego, eee, jak się nazywasz? Ania? No to, zdrowej wątroby, Ania, i góry pieniędzy. Albo tej, no... wizy do raju po maturze!" I jeszcze jedno: „Zdrowej wątroby i góry dolarów", i jeszcze raz.
– Żeby ten rok był lepszy od poprzedniego. – Stuknęłam kieliszkiem o kieliszek Bolka.
– A ja? Co ja mogę ci życzyć, Ania. – Bolek uśmiechnął się, jak zwykle krzywo. – Dużo zdrowia! Bo jak tak dalej pójdzie, resztę będziemy musieli sobie ukraść.

196

Reformy jak do tej pory nie przyniosły jeszcze oczekiwanych zmian, twierdzi ekspert, Józef Kukułka, ale gdzie indziej wcale nie jest lepiej. Na dowód wyemitowano nam wczoraj film o Ameryce. Ponury i skandaliczny, jak od tygodnia zapowiadała przejęta spikerka.

– Przerażający obraz zepsutego dobrobytem społeczeństwa. Rozbuchany konsumpcjonizm, brak norm moralnych, instrumentalne traktowanie jednostki, wyzysk robotników.

Słowem, skandal. Nic dziwnego, że czekaliśmy na emisję z niecierpliwością. I z czerwonymi jak u spikerki uszami. Wreszcie puścili. Największe stężenie dziwactw na metr taśmy! U nas w filmie, jak się pokaże blady obwisły cycek, to wszystko. Limit świństw wyczerpany. A tam? Ludzie pijący sok z dżdżownic. Smakosze karaluchów. Staruszki naturystki. Ale największe wrażenie zrobiła na wszystkich chłopakach myjnia samochodowa, gdzie nadmuchane blondyny pucują karoserię ogromnymi cyckami.

Więc dziś, żeby zgasić niezdrowe emocje i zniechęcić chłopaków do poszukiwania namiastek blondyn, Huba puściła nam na godzinie wychowawczej czarno-biały film instruktażowy. Ach, nie mówiłam ci jeszcze, że Huba zastępuje Kojaka. Przez cały miesiąc albo i dłużej, niestety. Już na wstępie oświadczyła, że dla niej to też żadna przyjemność.

– Ale w życiu liczą się nie tylko przyjemności i swawole. – Westchnęła. – Ze swojej strony mogę wam obiecać, że nie będzie taryfy ulgowej. Mam zamiar w stu procentach wywiązać się ze swoich obowiązków! – Tylko w stu? Najwyraźniej Hubie zaczyna brakować pary. Chyba że to eufemizm. – A na początek odrobina edukacji.

Czyli film produkcji czechosłowackiej. Pod tytułem: „Hańba Helenki Žiškovej". O siedemnastoletniej blond owieczce, która poznaje chłopca na obozie w Banskiej Bystrzycy. Na trzeciej potańcówce chłopiec (o sympatycznie brzmiącym imieniu Jiřik) wyznaje Helence miłość i zaprasza ją do szopy, obiecując dalsze komplementy. Komplementom towarzyszy intensywna gra wstępna i nie tylko. Bo oto, trzy miesiące później, widzimy dziewczynę w gabinecie groźnego doktora Hlavača. Po łzach Helenki możemy poznać, że doktor Hlavač nie zostawił jej złudzeń. Będzie samotną matką.

– A gdzie ojciec, Helenko? – pyta doktor, marszcząc brwi.

Zniknął, jak zwykle w czeskim filmie. I polskiej rzeczywistości. Dlatego nienawidzę tego filmu, bo mi przypomina o moim niewidzialnym ojcu. No a poza tym, po co komu takie uświadamianie? Przecież już nam wszystko wyjaśniono w siódmej klasie.

TELEFON

Zima. Śnieg po pachy, mróz taki, że trzaskają podeszwy relaksów i szyby w maluchach. Zaraz się zacznie godzina policyjna, a my dalej siedzimy w ciasnej salce na plebanii. Ksiądz Antoni uznał, że czas nas uświadomić. Trochę się spóźnił; bo już to i owo widzieliśmy na niemieckich fotkach przemyconych przez tatę Gośki. Ale zawsze warto uzupełnić informacje. Więc siedzimy, czekając na świeżą porcję rewelacji.

– Drogie dzieci, proszę mi powiedzieć, dlaczego pocałunek jest grzechem? – pyta pani katechetka, Liliana Czysta, odgarniając z czoła tłustawe włosy. Spotkanie miała prowadzić siostra Bożena, ale powiedziała, że się wstydzi. I zaraz uciekła, spłoniona, do zakrystii. – Bo pocałunek, kochane niewiniątka – oblizuje usta pokryte wazeliną – to telefon do tyłka. Dlatego my z mężem pocałowaliśmy się dopiero przed kapłanem.

– A mi ciotka mówiła, że jak Czysta jechała do ślubu, to miała taki brzuch, że musieli drzwi od trabanta wycinać – odezwał się szeptem Marek, szkolna skarbnica plotek i cudzych sekretów.

– Żeby zajść w ciążę, wcale nie trzeba się całować – poinformował go Słoniu.

– Nie? – zdziwiły się Gracje z siódmej de.

– Cisza! – warknęła pani Czysta i wróciła do sprawy grzeszne-go telefonu. – Więc pamiętajcie, aniołki, żeby nigdy, przenigdy nie zgadzać się na lubieżne propozycje pocałunków w szkolnej toalecie. Jakieś pytania? No, kochani, nie wstydźcie się. Możecie pytać o każdą sprawę. Wasza pani zna się na wszystkim i wszyst-ko wam wyjaśni. Słucham, jak się nazywasz, nazwisko, numer?

– Ozdoba, numer siedemnaście – wyrecytował Marek. – Więc ja bym chciał wiedzieć, czy to telefon zamiejscowy? I kto robi za podsłuch?

*

– Nam też puszczali ten film o Helence – przypomniał sobie pan Wiesiek. – W technikum. Nawet fajny, zwłaszcza ten motyw ze znikającym ojcem. Planowaliśmy z chłopakami, że też poje-dziemy do Banskiej Bystrzycy. A potem znikamy. Bieg! Ale jak przyszło co do czego, to sama wiesz.

– Moja sąsiadka mawia, że plany zawsze przegrywają w star-ciu z szarą rzeczywistością.

– A teoria z praktyką. Dlatego liczę na pobłażliwość Szefa podczas Wielkiego Sądu. Nie bez powodu chyba podarował nam przypowieść o zbłąkanej owcy.

– Tej co się oddzieliła się od stada sprawiedliwych?

– No. Jest tylko jeden problem. Stop! Widziałaś ten znak, Kro-pelkówna?

– Jaki?

– Znak stopu!

– Pytałam o problem. Znak oczywiście widziałam, ale nie mia-łam czasu zastosować w praktyce. To co z tym problemem?

– Jak wyczaić właściwy moment na powrót do stada.

197

Ewelina zadzwoniła, żebym za godzinę koniecznie przyszła, bo jest u niej kuzyn Tomek i strasznie chce mnie poznać. Widział moje zdjęcie i uważa, że jestem intrygująca. A poza tym ta, no... wysublimowana.

– Które to zdjęcie? – zainteresował się Bolek.

– Ja na tle różowej kapy, w turkusowym nietoperzu z bukli. Jedną rękę podpieram na biodrze, a drugą odgarniam włosy. – Zupełnie jak modelka z „Mody Polskiej".

– Bajerant – skwitował. – Chyba że chciał powiedzieć „wytapetowana", tylko mu się język ździebko omsknął.

Fakt, nie oszczędzałam na cieniach. Na tuszu do rzęs też nie, co skończyło się po sesji sporym jęczmieniem.

– Wyglądasz tak, że jeszcze chwila, a odpadną ci rzęsy pod ciężarem tego czegoś, co Życzyński przemycił w baku.

– Nie tego czegoś, tylko pierwszorzędnej tureckiej maskary. Ale jestem pewna, że kuzyn Eweliny potrafi dostrzec klasę nawet pod warstwą tuszu.

– Pójdziesz zobaczyć tego Bonda z rentgenem w oku?

– Pewnie, tylko muszę umyć włosy albo chociaż ułożyć na cukier.

– I koniecznie wymaluj rzęsy, żeby się nie rozczarował – rzucił Bolek, uśmiechając się kącikiem ust. A zaraz potem spoważniał. – To jak, nie będziesz słuchać listy?

Raz mogę się poświęcić. Zwłaszcza że tyle słyszałam o tym całym Tomku. Studiuje w Krakowie na polibudzie, a pół roku spędził na stypendium w Bukareszcie. Miał być rok, ale nie mógł znieść podsłuchów w każdym pomieszczeniu akademika. Nawet pod prysznicem. Ale pół roku za granicą to też sporo. W porównaniu z takim Bolkiem Tomek jest super doświadczony. I ma ponad pięć tysięcy znajomych. Prawie same studentki. Jedną nawet cucił, jak oblała egzamin na anglistyce. Więc kiedy taki mówi o wysublimowaniu, to wyższa szkoła jazdy. Teraz najważniejsze, żeby się nie rozczarował. Dlatego zaraz po wyjściu Bolka zabrałam się do dzieła. Najpierw kąpiel w nadmanganianie potasu. Wsypujesz łyżkę brązowawych kryształków i masz cudownie ametystową wodę. Zupełnie jak w wannach bogaczy. A nawet lepiej, bo taki nadmanganian nie dość że dezynfekuje skórę, to jeszcze zabarwia ją na brązik. Głównie pięty i łokcie, ale jak dosypiesz więcej, masz szansę osiągnąć efekt pięciodniowej opalenizny pod kwarcówką. Jedyny minus tego cuda to brązowe smugi na wannie. Ale garść proszku Ixi wtarta w emalię od razu się z nimi rozprawi. No, dosyć tego moczenia. Pora się zabrać za włosy. Najpierw przyrządzasz superlakier. Łyżka cukru plus cztery łyżki gorącej wody. Całość energicznie mieszasz, nierozpuszczone kryształki – do kosza, a resztę wcierasz we włosy. Teraz pozostaje wysuszyć je suszarką, trzymając głowę w dół. I już. Mała lady punk, nastroszona jak wściekły jeż. Dobra, teraz makijaż. Akcent położony na rzęsy. Do nich dobieramy bluzę (z Hofflandu) i dżinsy (kupione na ciuchach). Jeszcze tylko kilka agrafek w nogawki, a przy szlufce kłódka od roweru. Gotowe. Można pędzić na spotkanie.

Spóźniłam się prawie pół godziny. Tomek właśnie kończył rozwiązywać Ewelinie zadania z matmy. Na mój widok wstał, poprawiając wąziutki jak śledź krawat. Podałam mu dłoń i od razu zrobiło mi się wstyd. Bo w pośpiechu zapomniałam zdjąć tą okropną, tandetną obrączkę z emaliowanym jabłuszkiem, którą Bolek ustrzelił dla mnie w wesołym miasteczku. Powinnam była zamiast niej założyć punkerski pierścień z gwoździa wygięty przez mojego dziadka. Znowu gafa!

– To jest właśnie Tomek. A to Ania, nasza klasowa gwiazda.

– Ewelina jak zwykle przesadza – zaoponowałam, uśmiechając się nerwowo. Gwiazdą dopiero będę, jak mi pozwolisz śpiewać u siebie w chórku.

– Myśmy też mieli gwiazdora, Maciaka. Choć trafniej byłoby go nazywać księżycem, bo świecił odbitym blaskiem.

- Ania taka nie jest - zapewniła Tomka Ewelina. - Fajnie się ubiera. Dobrze się uczy, ale wcale nie jest kujonem jak Ola.
- Nasz księżyc też nie był kujonem, a miał same piątki. Tyle że wszystkie załatwiane. Wyobrażacie sobie, że przez całe cztery lata był pytany dosłownie kilka razy? I to tylko z angola i z historii. Na pewno nie masz tu podsłuchów? - Tomek rozejrzał się po pokoju.
- Wszystko sprawdzone przez wuja - uspokoiła go Ewelina. - To jak go oceniali, tego Maciaka?
- Pisał sprawdziany. Z matmy, fizy i chemii dostawał wcześniej zadania. Rozwiązane, wystarczyło wkuć na blachę. Dowiedzieliśmy się o tym w połowie szkoły, Maciak wypaplał komuś po wypiciu butelki Sangrii.
- A z innych przedmiotów?
- Z angielskiego chodził na lekcje, bo się szykował do wylotu za morze. A z innych przedmiotów? Pewnie pisał kichę, a i tak wstawiali mu piątki. Nikt nigdy nie widział jego sprawdzianów ani wypracowań.
- Czemu nauczyciele zgadzali się na te piątki? - zapytałam.
- Bo trzęśli worem. Ojciec Maciaka pracował w ZOMO, więc miał haka na parę osób. Resztę udało się zmiękczyć forsą. A matka Maciaka miała czym zmiękczać, bo prowadziła pierwszy butik w Dziadowicach. Ludzie się śmiali, że Maciakowie śpią na siennikach wypchanych forsą, a baldachim mają z milicyjnych pałek.
- Jak słyszę takie historie, nóż mi się otwiera w kieszeni - powiedziała poruszona do głębi Ewelina. Jej tato nieraz dostał taką gumową pałką.
- Najgorsze, że nic nie można zmienić. - Westchnęłam, ściskając nerwowo kłódkę. - Kto by ruszył dziecko tajniaka?
- Można, można. Nam się udało.
- Coś ty, jak? - zapytałyśmy obie.
- Bardzo prosto. Zaraz wam powiem, tylko coś sprawdzę. - Wyszedł na czubkach palców do przedpokoju i szybko otworzył drzwi wejściowe. - W porządku! - krzyknął do nas, rozglądając się po klatce schodowej. - No to teraz mogę mówić. Jak wiecie, klasa wystawia ocenę z zachowania.
- Wiemy. I co?
- Umówiliśmy się, że damy łupnia Maciakowi. I kiedy przyszło do głosowania, każdy wystawił mu naganne. Naganne nie przeszło, ale w końcu Maciak wylądował z nieodpowiednim. Wy-

obrażacie sobie? Same piątki z góry do dołu, a z zachowania nie-
odpowiednie. Bardzo podejrzanie to wygląda. Może ma coś na
sumieniu? Może działa w opozycji? Lepiej nie wpuszczać go na
uczelnię, bo jeszcze nabroi. No i nasz gwiazdor nie dostał się na
architekturę, choć już miał kupione prace.

– A nie było wam głupio z powodu nagonki? – zapytałam.

– Coś ty! Rodzice kilku naszych kumpli siedzieli w więzieniu
z powodu donosów Maciaka. Moja matka była internowana.
Traktowaliśmy to jak walkę z ustrojem, a nie nagonkę. O jednego tajniaka na uczelni mniej.

– Skąd wiesz, że Maciak był tajniakiem?

– Wypaplał, gdzie moja matka trzyma ulotki. I przykleił mi
podsłuch pod biurkiem. Mnie to wystarczy – odparł Tomek, zapalając drżącą dłonią papierosa. Najwyraźniej sprawa donosu
Maciaka dalej leżała mu na wątrobie. Wymieniłyśmy z Eweliną
porozumiewawcze spojrzenie. Lepiej zmienić temat.

– To choć tyle dostał, cwaniak – wtrąciła ona. – A jak się żyje
w Rumunii?

Przez resztę wieczoru Tomek opowiadał o studiach w Bukareszcie. Mieszkał w bloku dla uprzywilejowanych. Kiedy w całym mieście wyłączano z oszczędności prąd, u niego mogły się
palić wszystkie żarówki. Opisywał tysiące złoconych portretów
Ceauşescu zawieszonych na każdym drzewie i słupie. Kilometro-
we kolejki po mleko i dzieci żebrzące o parę landrynek. Mówił
o pustych sklepach, jeszcze bardziej pustych niż u nas.

– Pamiętam z kolonii – wtrąciłam. – Przez dwa tygodnie schu-
dłam cztery kilo. I tak mało, bo chłopcy ze wsi dokarmiali mnie
surową kukurydzą. W zamian za biseptol.

– A słyszałaś, że nie wolno tam trenować karate, bo to broń?
– Nie słyszałam. – Podobnie jak boks i judo. Ale mnie najbardziej przeszkadzali wszechobecni tajniacy, ciągle miałem jakiegoś na ogonie. I te podsłuchy w każdym rogu pokoju. Koszmar.

Przestałam słuchać Tomka. Może dlatego że nie mogłam zapomnieć o Maciaku.

*

I o Kryśce też. Gdyby dostała naganne, nie mogłaby podejść
do komisów. Opowiedziałam o tym Ewelinie. Z wrażenia aż prze-
gryzła chińską gumkę, którą jej podarowałam tydzień temu.

– Ale ty masz myślówę, Ania.

– E tam. – Machnęłam ręką, ale zrobiło mi się tak jakoś, no, fajnie po prostu. I odrobinę głupio.

– Nigdy bym na to nie wpadła! A ty w kilka chwil wymyśliłaś sposób, jak zjednoczyć klasę. Żeby wreszcie coś się zmieniło. Żebyśmy wreszcie uwierzyli, że mamy wpływ! Wiesz co? Cieszę się, że trafiłam do drugiej be.

– Ja też się cieszę. – Tyle zdołałam z siebie wydusić. – Idziesz może na „Klasztor Shaolin"?

– Jak dostanę bilety. Pomyśl Ania, gdybyśmy mieli zgraną klasę, poszlibyśmy wszyscy razem. Jak w trzeciej a. Byłoby super. Całe trzy rzędy to my. Najpierw kronika, a potem dwie godziny zabawy. Wspólne jedzenie paluszków, komentarze rzucane przez chłopaków, wstydliwe chichoty dziewczyn, piski z tyłu i wreszcie powrót przez park.

– Marzenie ściętej głowy.

– Niekoniecznie. Tyle że trzeba się odważyć. Ktoś musi zrobić pierwszy krok. Ktoś, kto ma w klasie posłuch i władzę.

– Jeśli myślisz, że ma ją przewodniczący, to się grubo mylisz – przerwałam. – Ja służę tylko do wręczania kwiatów i odwoływania dawno zapowiedzianych klasówek.

– Jesteś kimś więcej niż przewodniczącą – zapewniła Ewelina, patrząc mi prosto w oczy. – A wiesz, czemu? Bo ty nie zabiegasz o władzę. Nie podlizujesz się nikomu. I dlatego klasa cię posłucha.

198

Dire Straits znowu spadło. Za oknem bura kasza, a z fizyki kolejna pała. Słowem, pech. Pech i zgryz. No tak, bo od wczoraj się zamartwiam, czy dałam właściwą odpowiedź Ewelinie. Już wychodziłam do domu, kiedy mnie zapytała, jak przyjęłam wiadomość o stanie wojennym.

– Co czułaś?

– Wściekłam się totalnie.

– Że Ruscy znowu depczą naszą wolność?

Kiwnęłam głową, ale tak naprawdę chodziło o teleranek. Człowiek specjalnie nastawia budzik na dziewiątą, żeby mieć w niedzielę odrobinę rozrywki. A tu zamiast bajek – gościu w ciemnych okularach opowiada o tym, że nadeszła chwila próby. Jeszcze Drożdżakowa narobiła paniki, że koniec świata, bo dwa czołgi jadą w stronę kombinatu. Wszyscy wyleźli ze swoich klocków zobaczyć, jak suną główną ulicą: dwa ogromniaste śmiercionośne ślimaki. „Wojna, prawdziwa wojna" – pomyślałam wtedy i od razu ścisnęło mnie w gardle. Poczułam, że wreszcie jesteśmy w środku czegoś naprawdę ważnego. W samym centrum, a nie jak zwykle obok. Za miedzą. A wieczorem ogłosili, że mamy ferie. Super, nie będę musiała ślęczeć nad cholernym witrażem z bibuły. Poczytam „Kamienie na szaniec".

– Kiedy zobaczyłam czołgi, płakałam przez cały dzień – przypomniała sobie Ewelina. – Martwiłam się o tatę. Ale wiedziałam, że on się tak łatwo nie podda. Że będziemy walczyć.

Pożegnałam się szybko i popędziłam do domu. Po raz pierwszy okłamałam Ewelinę. Wiem, chciałam, żeby mnie bardziej polubiła. Ale przecież nie tędy droga do przyjaźni.

– Nie tędy – potwierdziła moje obawy prababcia. – A z drugiej strony, każdy troszkę oszukuje. Marysia, na ten przykład, co rano paćka sobie czarne jak sadza kocmołuchy na twarzy, żeby wyglądać na groźną osę.

– Inaczej ludzie by z niej zdarli ostatnią szmatę.

– A tak ma spokój i dokarmia najodważniejszych. – Prababcia uśmiechnęła się. – Więc jak widzisz, każdy troszkę naciąga rzeczywistość.

– Prababcia też?

– Pewnie. Na przykład kłamię Marysi, że z moim wzrokiem jest lepiej niż rok temu. A jest znacznie gorzej.

– O rany!

– To znaczy jest tak samo, Anusia, bez zmian – poprawiła się prababcia. – Ale Marysi mówię, że jest lepiej. Żeby się nie martwiła. A z innych kłamstewek, no to – zarumieniła się – nie przyznałam się Karolowi do swojego wieku.

– Serio?

– No. Odjęłam sobie całe dwa lata. I powiem ci, że żałuję tylko jednego: mogłam śmiało sobie odjąć ze siedem.

Prababcia to czasem potrafi człowieka zaskoczyć. Na przykład wczoraj. Jemy sobie kaszę z olejem lnianym, a prababcia nagle wyjeżdża z tekstem, że ona w sumie to nie ma nic przeciwko reinkarnacji. Nawet by wolała niż te niebiańskie naczynia, którymi ciągle nas straszy siostra Bożena. Przeczytała gdzieś, że każdy otrzyma takie, na jakie zapracował sobie tu, na ziemi. Siostra Bożena to pewnie dostanie basen pływacki, może nawet do spółki z proboszczem. Lilianie Czystej przypadnie jakaś beczka. A reszta pospólstwa będzie musiała się zadowolić mniejszymi naczynkami. Butelki, karafki, szklanki i słoje po dżemie. Pyskacze zaś, takie jak Kropelkówna, mogą liczyć, co najwyżej, na dziecinny naparstek. Ja się tam nie przejmuję, bo skoro każde naczynko będzie wypełnione nektarem szczęścia aż po same brzegi, to luz. Ale prababcia uważa, że ludziom się to nie spodoba.

– Zaraz zacznie każdy zaglądać do cudzego kubka, porównywać, narzekać. To chyba wolę reinkarnację. Tylko żeby trafić na tę samą drużynę. – Odłożyła łyżkę i przymknęła oczy. – Żeby mamusia była ta sama. I mój Jasio, świeć Panie nad jego duszą. I Marysia, i ty, duszko. A za miedzą Drożdżakowa. I oczywiście Dziurawiec, nie mówiąc o Bolku.

– A pan Sitarz?

– Byłoby z tym trochę problemów. Ale tak sobie myślę, że gdyby żył mój Jasio i Karola Hania, to byśmy nie mieli potrzeby się spotykać. A jakby nawet, to byśmy sobie usiedli we czwórkę i pooglądali stare zdjęcia. To by był dopiero raj. – Westchnęła.

– Przecież wszyscy się spotkamy, babciu. – Ja, mam nadzieję, trochę później, ale też przecież dołączę, jak już wszystko dokładnie obejrzę i porównam.

– E, to nie to samo, Ania. Już nie będzie tak, jak tu, że człowiek siędzie sobie przy stole i ponarzeka, a to na ceny, a to na głupi rząd. I już się nie pożali, że w kościach łamie. I tych sprzeczek o „beleco" nie będzie. A jak sobie pomyślę, że Drożdżakowa już nigdy nie zawoła „Łomójboże", to aż mnie ściska w dołku.

– E tam, Drożdżakowa zawsze znajdzie jakiś powód do narzekań.

– W niej cała nadzieja – uśmiechnęła się prababcia, dojadając kaszę. – Bo inaczej trzeba będzie przegłosować reinkarnację.

199 i 200

W Trójce podwójna lista. Marek zrobił podsumowanie. I wyobraź sobie: jesteś na drugim! Super! Super! Super! Teraz koniecznie musisz napisać następny hicior. Jeszcze lepszy niż „Neverending story". O ile to możliwe. No dobra, taki sam. A ja już się postaram, żeby trafił na pierwsze miejsce. Dziś odkupiłam od Słonia dwa bloki techniczne i wycinam kartki do głosowania. Odkładam też kieszonkowe na znaczki. Bolka również zmobilizowałam i Drożdżakową. Jak widzisz, pełna gotowość.

– A jak nie napisze hitu, to co? – zmartwiłam się nagle.

– Przestanie być sławny i już – odparł Bolek.

– W sumie to straszne. Po prostu straszne.

– Co konkretnie?

– No, że takie to wszystko ulotne. Bo zobacz, Bolek, mało komu udaje się być tak samo sławnym przez całe życie.

– Mało komu? – parsknął Bolek. – Myślę, że dziewięćdziesiąt procent ludzi jest tak samo sławnych przez całe swoje życie. Na przykład nasze babcie. Widziałaś kiedykolwiek, żeby się tym martwiły?

Cały Bolek. Potrafi tylko szydzić. A ja się naprawdę martwię, że nie ma cię na liście. To znaczy, szczerze mówiąc, Chris, bardziej bym się martwiła, gdyby nie to, że mam ogromny powód do radości. I tej radości jest tak wiele, że blokuje wszystkie duże smutki. Co najwyżej jakiś drobiazg się przeciśnie. Co to za powód? Ano, uwaga, od wtorku siedzę w ławce z Eweliną. Na razie tylko na czas choroby Aśki. Ale myślę, że przez trzy tygodnie sporo może się zmienić. A potem się zobaczy. Może Ewelina przesiądzie się do mnie; miejsce po Tadku Gorczycy dalej jest wolne. A może przekupię czymś Aśkę, żeby zgodziła się zmienić ławki. Wolę nie planować. Najważniejsze, że teraz siedzimy razem. I gadamy na każdej przerwie. Szczerze o wszystkim. No, może niekoniecznie o wszystkim. Bo dziś Ewelina zapytała mnie o mamę. Dlaczego wybyła do Stanów.

– Też nie mogła znieść tego, co się tu dzieje? – rzuciła, zanim zdążyłam powiedzieć prawdę. – Miała dość brudnych kłamstw rządu? Bylejakości, szarzyzny i zniewolenia?

I co tu odpowiedzieć? Wiadomo, że bylejakość i tumiwisizm mogą zmęczyć największego twardziela. Ale były też inne powody. W Stanach mama mogła zacząć wszystko jeszcze raz. Wyzerować licznik i od nowa zapisać swoje życie na bieluśkiej jak opłatek karteczce. Tu nikt nie dałby jej takiej szansy. Ludzie w bajklandii mają słoniową pamięć. Więc mama już na zawsze pozostałaby tą, co miała dziecko panną. I wychowuje je bez męża, a nawet, o zgrozo, bez alimentów. Ale tym, który przyśpieszył decyzję o wyjeździe, był Marian Kolba, ogier i dyrektor. W swoim biurze miał specjalny pień, na którym harcerskim kozikiem syna odznaczał kolejne zdobycze. Nieśmiałe laborantki i wypyszczone sekretarki w przepoconych stylonowych bluzkach, zalotne ekspedientki z turkusowymi powiekami, przysadziste kucharki o czerwonych kartoflastych nosach. Ogier Marian nie był wybredny, brał wszystko, co się zbliżyło na odległość dwóch metrów. Nie znosił tylko jednego: odmowy. Wszyscy w kreślarni wiedzieli, że opierająca się „wybranka" ściąga na siebie gniew Kolby. A to oznacza jedno: wilczy bilet dla niej i dla jej męża. Na szczęście (w tym wypadku) mama nie miała męża, więc mogła beztrosko poigrać z ogniem spalającym Kolbę Mariana. Przez ponad dwa tygodnie udawała, że nie dostrzega wymownych spojrzeń Mariana i jego jęzora zwisającego aż do brody. Aż wreszcie po szesnastu dniach zalotów Kolba wyłożył karty na stół. Oświadczył mamie, że ma się stawić w hotelu robotniczym. „Przyszła środa, piętnasta trzydzieści, pokój numer sześćdziesiąt sześć. Tylko nie spóźnić się, bo o siedemnastej mam wywiadówkę w szkole syna". „Dobrze" – odparła mama. A w środę o piętnastej była już na pokładzie samolotu do Monterrey. Kiedy Kolba urządzał kosmiczną awanturę w kreślarni, moja mama czekała w zaroślach Rio Grande.

Chętnie bym to wszystko opowiedziała, gdyby Ewelina miała innego ojca. A tak? Zwyczajnie się wstydzę. Nawet nie wiedziałabym, jak zacząć. „Wiesz, moja mama nienawidzi tumiwisizmu. A jeszcze bardziej biurowych ogierów, pokroju Mariana Kolby". Odpada. Więc tylko przytaknęłam, zagryzając ze wstydu usta. Ksiądz Antoni miał jednak rację. Jedno maluśkie kłamstwo rodzi następne. A Ewelina tak mi wierzy. Tak bardzo mi ufa. Jestem podła, bardziej podła niż sam Kolba. On przynajmniej gra w otwarte gacie. A ja? Szkoda mówić. Zrobiło mi się jeszcze bardziej wstyd. I poczułam, że muszę to wszystko Ewelinie wynagrodzić.

201

Uzupełniam swoją Kryzysową Książkę Kucharską. Właśnie wpisuję przepis na wino, prawie jak gronowe: 4 szklanki wymytego żyta wsypać do butli, dodać tyle samo cukru, 2,5 deka drożdży, wszystko zalać 3 litrami letniej, przegotowanej wody. Codziennie – przez dwa tygodnie – butlą wstrząsać. Potem odlać płyn, żyto pylnąć do kosza. Butlę obwiązać ciemnym materiałem, trzymać dwa tygodnie, ale już nie mącić. Następnie do płynu dodać karmel, przefiltrować do butelek. Odczekać z degustacją dwa miesiące. Smacznego! Przepis na domową czekoladę. Woreczek mleka w proszku rozpuścić w dwóch szklankach ciepłej wody.

Ech, właściwie to wcale mi się nie chce uzupełniać tej całej księgi. Po prostu muszę się czymś zająć, żeby nie myśleć za dużo o wczorajszym dniu. Dniu wielkiej zmiany.

WIELKA ZMIANA

Huba weszła do klasy kołyszącym krokiem. Przeczytała listę obecności, a potem wygłosiła krótką przemowę pt. „Właściwe miejsce dla tarczy szkolnej". Musimy nosić tarcze, także poza szkołą, ogłosił niedawno Słupnik, nie sprecyzował jednak, gdzie je mamy przypinać. Więc połowa uczniów nosi tarcze pod pachą, leniwi w kieszeni, a odważni – w dupie. Przyuważyła to Huba i nie byłaby sobą, gdyby od razu nie strzeliła wykładu na temat zasad panujących w socjalistycznej szkole.

– Edukacja w pigułce – szepnął Słoniu. – Jak zwykle oblanej grubą warstwą goryczy.

– Wypadałoby słuchać, Słonina – upomniała go Huba, a potem przeszła do realizacji planu. – Zgodnie z ustalonym grafikiem będziemy dziś wystawiać oceny z zachowania. Wiem, że dla was, ofiar metod wychowawczych profesora Witkowskiego, to jeszcze jedna okazja do niewybrednych żartów. Wiem, że traktujecie owe stopnie jak kolejny ozdobnik na szkolnej cenzurce. Zapewniam was jednak, że tym razem będzie inaczej. Nie zamierzam tolerować beztroskiego szafowania wyróżniającym lub wzorowym. Koniec z pobłażliwością. Niech choć raz w tej klasie zapanuje ład i sprawiedliwość. Chciałabyś może zaprotestować? – zwróciła się do Eweliny, która nieśmiało podniosła dwa palce.

– W żadnym razie, pani profesor. Też uważam, że należy wreszcie zrobić porządek.

– To jakiś bunt? – zdenerwowała się Huba.

– Ależ nie. Chciałam tylko powiedzieć, że w naszej klasie za bardzo pobłaża się cwaniakom i manipulatorom. Dlatego cieszę się, że pani profesor chce wprowadzić ład i...

– Masz kogoś konkretnego na myśli? – zainteresowała się Huba.

– Tak, ale ponieważ jestem tu od niedawna, oddam głos komuś, kto orientuje się lepiej, choćby z racji swojej funkcji. Komuś, kto pierwszy zwrócił moją uwagę na tę niepokojącą sytuację. – Dotknęła mojego ramienia.

Przez krótką chwilę czułam potworne zdenerwowanie. Swoje i całej klasy. Gdybym tak miała magiczny proszek od Słonia. Ale niestety. Życie to nie bajka. Trzeba stanąć, schować tchórza do worka na kapcie i zmierzyć się z twardą rzeczywistością.

– Wszyscy mnie znacie – zaczęłam powtarzane z tysiąc razy przemówienie. – I wiecie, że w naszej klasie... Dobra powiem wprost, bez owijania. Wkurza mnie zachowanie Kryśki. Teraz siedzi na lewym zwolnieniu, a za tydzień cudownym sposobem pozdaje wszystkie komisy.

– To poważny zarzut, Anka.

– Pani profesor, czy kiedykolwiek poskarżyłam na kogoś? Czy choć raz doniosłam?

– No nie, ale z tym zwolnieniem...

109

– Wszyscy w klasie wiedzą, że jest załatwiane – poparł mnie Słoniu. – To nie pierwszy raz, kiedy Kryśka znika przed klasyfikacją. Sama pani profesor to chyba zauważyła.

– Może naprawdę jest chora? – broniła jej Huba.

– To dlaczego chodzi na prawo jazdy? – wtrąciła Ola. – Tak, chodzi. Spotkałam ją wczoraj.

– A ja spotkałem Kryśkę w Kolejowej w zeszłą sobotę! – zawołał Adaś.

– A ty, Adam, co tam robiłeś?

– Szukałem ojca, mama mi kazała.

Rozległ się śmiech. Śmiech ulgi tych, którym znowu się upiekło.

– A ja widziałem Kryśkę w knajpie przy elektrowni – dorzucił Witek.

– Też szukałeś ojca?

– Słuchajcie, a mój stary widział Kryśkę, jak piła wino z dziadkiem Słonia pod mostem! – Klasa wyraźnie się rozbrykała.

– Koniec żartów! – Huba zastukała ekierką w swój kubek. – Temat jest zbyt poważny. Uważacie, że Krystyna Worek oszukuje. Co, wobec tego, należałoby zrobić?

– Na stos Krychę, a jak! – zawołał Witek.

– Uważam, że Kryśka powinna dostać naganne. – Odpowiedziałam. Zapadła cisza. I wtedy włączyła się Ewelina.

– Pani profesor, to nie jest opinia tylko Ani. Rozmawiałam z innymi. Może teraz brak im odwagi, by zabrać głos, ale wszyscy przyznają, że Kryśce należy się naganne. I nie chodzi tylko o zwolnienie, ale o oszustwa.

W dodatku oszustwa bez polotu.

– Przy mnie dopisywała plus do trójki – przypomniała sobie Ola.

– Ja sama pamiętam, jak Krystyna zmieniła grupę na sprawdzianie – przyznała Huba.

– Bo to na jednym – prychnął Słoniu. – Skacze po grupach jak konik polny.

– No cóż – powiedziała z wahaniem Huba – wygląda na to, że Krystyna zasłużyła sobie na naganne. Martwi mnie jednak, że poruszacie ten temat za jej plecami, gdy nie może się bronić. Obgadywanie nieobecnych to objaw tchórzostwa.

– Ale przecież jej nie ma od dwóch tygodni! Kiedy mamy o tym mówić? – odezwało się parę osób.

– Niby tak. – Huba potarła palcem czubek nosa. – Ale podejmowanie decyzji o nagannym teraz, kiedy Krystyna nie może się bronić, byłoby nie w porządku. Obiecuję, że przemyślę wszystko, co mi powiedzieliście i wrócimy do tematu, gdy pojawi się główna winowajczyni.

– To może potrwać do samej matury! – powiedział Słoniu.

– Jeszcze dziś zadzwonię do Workówny, skoro nie możesz się doczekać, żeby jej dołożyć – zirytowała się Huba. – A teraz zajmijmy się ocenami tu obecnych. Bednarz. Kto jest za dobrym?

Kwadrans później zadzwonił dzwonek na przerwę. Wszyscy pognali do szatni, żartując i dowcipkując jak zawsze. O Kryśce nie padło ani jedno słowo.

*

– Czemu to zrobiłaś, Ania?

Nie będę Bolkowi wciskać kitu, że dla dobra klasy. Za dobrze mnie zna.

– Nie wiem – bąknęłam, bawiąc się sznurem od telefonu. – Może chcę, żeby wreszcie coś się ruszyło. A nie taki marazm. Poza tym Ewelina powiedziała, że Kryśce jest potrzebny zimny prysznic. Że jak zobaczy, co myślimy, to się poprawi.

– Wytłumacz mi to, proszę, bo ja jestem prosty jak kawał sznurka – zaczął Bolek zgryźliwym tonem. – Chcecie, żeby Kryśka poprawiła oceny, zamykając jej drogę do komisu?

– Ale ma całe pół roku, żeby się podciągnąć.

– Anka! Przestań pudrować gówno!

Zawsze to słyszę, kiedy coś nabroję jego zdaniem. Ja się staram pokazać jasne strony, a ten od razu, że pudruję. I najgorsze, że zwykle ma rację.

– No dobra – mruknęłam poirytowana. – Ewelina tak mówi, ale ja w to nie wierzę.

– To po co, do cholery, maczałaś w tym paluchy?

– Po co? A czy ty kiedykolwiek miałeś przyjaciela? Przyjaciela przez duże Pe?

Takiego prawdziwego, nie żadną namiastkę, jakich pełno na każdym podwórku. Kogoś, kto bez wahania ukryłby cię w wersalce babci, w razie gdybyś miał na pieńku z chłopakami z MO. Kogoś, z kim chcesz się dzielić wszystkim. Resorakiem z Peweksu, oranżadą z woreczka i poufną informacją, gdzie rzucą nowy plakat George'a Michaela. Kogoś, komu pożyczysz wywalczoną w Hofflandzie bluzkę nietoperz i bez wahania pochwalisz się piątką z PO. Tak właśnie, pochwalisz. Bo trucia i smętnego rzępolenia wysłucha pierwszy lepszy kumpel. Natomiast chwalenie, to już wyższa szkoła jazdy. Nie każdy zniesie taki nadmiar cudzego szczęścia. Chyba że to prawdziwy przyjaciel.

– Miałeś kogoś takiego? Miałeś? – naciskam.

– Nie – przyznał Bolek, dziwnie cicho. – A ty?

– Ja miałam tylko mamę. – Ale nie wiem, czy to się liczy. Słoniu powtarza, że przyjaźń rodzica z dzieckiem to wielka bujda. Do tego na resorach.

– A poza mamą?

– Nikogo. Przecież wiesz.

Wie. Opowiadałam mu o dzieciakach, które przeganiały mnie z osiedlowego placu zabaw. Stawałam tam czasem, objuczona zabawkami, które miały robić za fajkę pokoju i zarazem białą flagę. Ale wystarczyło, że podeszłam bliżej, a w moją stronę leciały kapsle od butelek pomieszane z ostrymi jak tłuczone szkło słowami. „Wracaj na swój trawnik, do siebie – krzyczało zgrane plemię. – My tu mamy swoje sprawy i swój komitet blokowy. Nie dla burżujów z willami". Gdyby widziały wnętrze naszej „willi", pewnie od razu zostałabym przewodniczącą. Ale żaden z dzieciaków nie dał się zaprosić nawet na szklankę oranżady.

– A skoro wiesz, to powinieneś zrozumieć – dodałam, odkładając słuchawkę.

*

Zadzwonił przed chwilą. Nie wspominał o Kryśce.

– Pamiętasz naszą rozmowę o przyjaźni? – Przytaknęłam. – No to wtedy skłamałem. Bo, jak się zastanowić, to jednak miałem kumpla. W podstawówce.

– E, kumpel się nie liczy.

– Dobra. – Bolek przełknął ślinę. – Przyjaciela.

– Przez duże Pe?

– Przez wszystkie duże litery.

112

PRZYJACIEL

Miał na imię Paweł, krzywe zęby i najwięcej dwój w klasie. Mieszkał razem z beztroskimi rodzicami i szóstką pryszczatych braci w rotacyjnym – bloku dla nieprzystosowanych. Jak trafił na Bolka? A przez tę wredną Kalińską z geografii. Za gadanie – do drugiej ławki, marsz. Nie pomogło błagalne „psze pani, już nie będę!". Po miesiącu przepychanek i szturchnięć ołówkiem Paweł zrozumiał, że dobrze trafił. Same zyski. Zadania z matmy, fizyki, chemii. Karykatury na zawołanie. I w ogóle. Zwłaszcza to w ogóle. Co zyskał Bolek? Złośliwostki, najświeższe niusy, gdzie rzucą serwetki i pomarańcze, garść kradzionych z odpustu kapiszonów i w ogóle. Zwłaszcza to ostatnie.

Mieli razem iść do liceum, a później zająć się robieniem najlepszych komiksów świata.

– Ty zajmiesz się rysowaniem, a ja całą resztą. Będzie git – zapewnił Paweł. A potem, tuż przed rozdaniem świadectw, znikł na cały tydzień. Zadzwonił w połowie maja.

– No wreszcie, stary. – Bolek odetchnął z ulgą. – Już miałem do was zajrzeć, żeby sprawdzić, czy żyjesz. Co z papierami?

– Ja złożyłem. Wczoraj – oznajmił Paweł. Zanim Bolek zdążył zareagować, w słuchawce rozległy się dziwne trzaski, potem próbne chrząknięcie, a następnie:

– Rozmowa kontrolowana. Chciałam was, chłopcy, uprzedzić, że...

– Tak, wiemy, pani Widerska – przerwał jej Paweł. – Wszystko jest nagrywane i może być użyte przeciwko nam. Dzięki za ostrzeżenie. A swoją drogą, że też wam nie szkoda taśm na zapisywanie niewinnych pogaduszek.

– Wróg czai się wszędzie – przypomniała pani Widerska, chwaląc się wiedzą zdobytą na kursach dla czujnych obrońców systemu.

– Złożyłeś? Jak? – wydukał wreszcie Bolek. – Przecież papiery przyjmują dopiero od jutra.

– Ale do garówy można składać już od tygodnia.

– Jak to do garówy? Przecież mieliśmy zdawać do ogólniaka, a potem na studia...

– Jak to już od tygodnia? – zdenerwowała się pani Widerska. – Dlaczego ja o wszystkim dowiaduję się ostatnia?!

– Rzeczywiście dosyć to dziwne, zważywszy pani czujne ucho – przyznał Paweł.

– Przecież mieliśmy zdawać do liceum razem – powtórzył Bolek.

– Mieliśmy? – prychnął Paweł. – Czy ja ci coś, stary, obiecywałem?

– Nie, ale... – Bolek przełknął ślinę. – Ale myślałem, że jesteśmy...

– ...papużkami nierozłączkami? Nie, jesteśmy tylko ludźmi. A ci, jak wiesz, czasem zawodzą.

– No ale przecież... – wyjąkał Bolek. – Przecież mieliśmy iść...

– Chłopie, coś ci przypomnę. Ludzie z rotacyjnego nie idą do liceum. – Fakt, nie idą, choć mieszkają o rzut beretem. – Zresztą, zastanów się, co ja bym tam robił? Obniżał średnią budy?

– Ja bym...

– Nie możesz wiecznie robić za mnie zadań. Wolę iść tam, gdzie wystarczy znajomość czterech działań i ułamków. Poza tym garówa to superinwestycja – zapewnił Paweł. – A jaką daje władzę! Zobaczysz, jak stanę przy toporze we „Wzorcowym”. Już za trzy lata! Przyjdź wtedy, to ci odrąbię taką karkówę, że tym cwaniakom z LO oczy spadną na ladę. A ja je sprzedam w cenie podrobów.

– A o mnie, Pawełek, też nie zapomnisz, co? – zagruchała pani Widerska.

– Przecież zawsze mieliśmy się trzymać razem... – wyjąkał Bolek.

– Jesteś już dużym chłopczykiem, nie potrzebujesz niańki.

Bolek mógł go prosić, błagać, naciskać. Próbować przekupstw. Albo nawet szantażu. Ale nie zrobił nic. Wydukał tylko banalne: „No to... to, powodzenia, stary” i odłożył słuchawkę. Paweł już nigdy do niego nie zadzwonił. A Bolek już nigdy nie wziął do ust mięsa.

*

– A ja myślałam, że po prostu nie chce ci się stać w kolejkach.

– Nie chce, ale stoję. Jak gramy z ojcem w marynarza, to zawsze wypada na mnie.

– Czemu mi to wszystko mówisz?

– Bo właśnie wczoraj stałem po mięso, we „Wzorcowym”. No i spotkałem Pawła.

– I co? – Z wrażenia przegryzłam ołówek.

– Powiedzieliśmy sobie cześć, a potem poprosiłem o kilo karkówki.

202

Przedwczoraj o siódmej rano zerwał mnie telefon. Od razu wiedziałam, że to Bolek.

– Nie masz serca, tyle ci powiem – zajęczałam, trąc zapuchnięte powieki. – Kraść człowiekowi najcenniejsze piętnaście minut snu.

– Bałem się, że potem cię nie złapię. A sprawa jest ważna, bo... bo dziś wraca Kryśka. Wiem, od jej mamy.

– I co z tego? – burknęłam.

– Możesz się jeszcze wycofać, Anka. Po prostu udaj, że jesteś chora.

– A zwolnienie wypisze mi Lipiński, tak jak Kryśce?

– Wystarczy, że poprosisz babcię. Nikt się nie domyśli, że zwiałaś.

– Ale ja będę wiedziała, że stchórzyłam. Nie, nie mogę. Muszę przez to przejść.

– Nic nie musisz, Anka.

Łatwo powiedzieć. Problem w tym, że ja nie umiem się wycofywać.

– Po prostu zostań w domu.

– A ty po prostu przestań się wtrącać! – huknęłam, zdenerwowana.

– Na pewno?

– Na pewno i daj mi wreszcie święty spokój! Zrozumiano?!

Rzuciłam słuchawką, a potem pognałam na poszukiwanie ostatniej pary czystych rajstop. Nie ma, pewnie się schowały ze strachu przed dniem sądu. No to skarpetki. Jeszcze wilgotne. Ohyda. Nienawidzę wkładać mokrawych skarpetek. Może powin-

115

nam zostać? Dać sobie spokój. Przecież już powiedziałam Hubie, co myślę. Ewelina na pewno sobie poradzi. A jak nie? Kryśka będzie z nas kpić. Jeszcze bardziej niż kiedyś. I znowu będzie jak dawniej, może nawet gorzej. Muszę iść.

*

Kryśka wkroczyła do sali razem z Hubą. Usiadła na swoim miejscu, tuż obok Lidzi, i zaczęła się rozglądać po klasie z bezczelnym uśmieszkiem. Zapadła taka cisza, że mogliśmy usłyszeć, jak Słoniowi burczy w żołądku.

– Nie tak dawno – odezwała się Huba – mieliście wiele do powiedzenia na temat Krystyny. Teraz jest wśród nas. Gotowa odeprzeć krzywdzące argumenty. Proszę więc odważnych, by teraz, patrząc w oczy koleżance, powtórzyli tamte zarzuty. No, słucham, kto pierwszy rzuci kamień?

Uśmiechnęliśmy się z przekąsem. Ciekawe, ile puszek peweksowskiej kawy potrzeba, żeby wykrzesać z Huby tak żarliwą mowę obronną. Przecież jeszcze tydzień temu była gotowa wprowadzać ład i sprawiedliwość.

– Nie ma chętnych? Znacznie łatwiej strzelić w plecy, prawda Konrad? – Słoniu spuścił głowę. – Tak wygląda wasza odwaga. Ciekawe tylko, że przeszkadza wam lenistwo Krystyny, ale zaległości takiej Aśki Baczyńskiej wcale was nie martwią. To nic, że Baczyńskiej grozi kilka dwój i że od połowy stycznia nie pojawiła się w szkole.

– Bo ma zapalenie płuc – wstawiła się za nią Ewelina.

– Nie wiem, czy płuc, ale na pewno oczu, skoro mnie wczoraj nie poznała we „Wzorcowym” – rzuciła Huba. – A stała jakieś osiem metrów dalej. Może jej też należy się naganne?

Nie wytrzymałam i podniosłam palce.

– Chciałaś może zagłosować w tej sprawie?

– Nie, chciałam przypomnieć słowa pani profesor – odparłam. – O tym, że atakowanie nieobecnych to oznaka tchórzostwa.

Huba przełknęła ślinę, a kilka osób zachichotało nerwowo.

– Zatem skupmy się na obecnych. I na sprawie rzekomo podrobionego zwolnienia. Przyznam, że obejrzałam je bardzo dokładnie i mogę zapewnić, że...

– Ale my nie twierdziliśmy, że jest podrobione – sprostowała Ewelina. – Tylko otrzymane na lewo, od lekarza z przychodni wojskowej. Wszyscy wiemy, którego, bo ten pan słynie z wypisywania lewych zwolnień.

– Ja do niego trafiłam przypadkiem – broniła się Kryśka. – Miał akurat dyżur i tyle. Jak wam się nie podoba zwolnienie, to podajcie gościa do sądu. Tylko nie wiem, czy wam się to opłaci.

– Nie wszystko musi, jak twojej matce – rzucił Adaś Biedronka.

– No, moi drodzy – zdenerwowała sie Huba. – Tak nie będziemy rozmawiać. Albo skupicie się na faktach, albo kończymy temat. Ja w każdym razie rozmawiałam z rodzicami Krystyny i zapewnili mnie, że ich córka była tak chora, że musiała jechać do kliniki.

– Jak co roku o tej porze? – odezwał się ktoś z tyłu. Atmosfera robiła się napięta.

– Pani profesor – zabrała głos Ewelina. – Tu nie chodzi tylko o zwolnienie, ale o lekceważący stosunek do nauki. O to, że Kryśka zwyczajnie żeruje na klasie. Wykorzystuje Lidkę, Olę i wielu innych.

– I jeszcze uważa, że te wszystkie ściągi jej się należą – dołączył się do oskarżeń Słoniu.

– A poza tym oszukujesz – odezwałam się.

– Każdy oszukuje! – wrzasnęła Kryśka.

Ale inni wykazują choć odrobinę fantazji, jak Domański, który dał sobie rozbić nos w szkolnym kiblu. Albo Baczyńska, która nażarła się pół kilo surowych ziemniaków, byle dostać gorączki. A Krycha stawia tylko na skuteczność. Jak niemieccy piłkarze.

– Ja nie oszukuję – oburzyła się Ola. – A poza tym ty, Kryśka, nie znasz umiaru. Jesteś po prostu bezczelna.

– Podaj przykład! A nie zmyślasz! – Kryśka niemal pluła nienawiścią.

– Rok temu mieliśmy przez miesiąc zastępstwo z Barańskim. Zebrał kilka zeszytów z wypracowaniami. Na początku lekcji oświadczył, że nikt nie dostał piątki. A ty, Kryśka, byłaś tak bezczelna, że podrobiłaś ocenę i spokojnie zgłosiłaś mu, że masz pięć. Do dziś pamiętam, jak Barański popatrzył ci w oczy i spytał jeszcze raz. Wiedział, że kłamiesz, ale wpisał ci piątkę.

– Ty wredna kłamczucho, ty...

– Kryśka, czemu się zapierasz? – przerwał jej Domański. – Przy nas dopisywałaś b do db.

– A wiesz, co najbardziej mnie wkurzyło? – dodałam. – Wiedziałaś, że Barański wie. I co? I nic. Spłynęło po tobie jak po kaczce. Na przerwie śmiałaś się z jego sklerozy! W końcu to stary dziadek, „z gatunku tych nieszkodliwych przedwojennych frajerów" – zacytowałam jej słowa. – Takich się najłatwiej oszukuje, prawda?

Przez chwilę było cicho. Potem zaatakował Słoniu.

– Nie będziemy przypominać więcej twoich oszustw, nie warto. Sama wiesz, jaka jesteś. Chcemy ci tylko powiedzieć, że koniec z podpowiadaniem. Koniec ze ściągami. Radź sobie sama.

– Inni też ściągają. Ciekawe, dlaczego ja mam takiego pecha?

– To nie pech, Kryśka – zwróciła się do niej Ewelina. – Po prostu klasa ma dość żerowania! Kiedyś na fizyce tak szarpałaś Słonia za rękaw, żeby ci mówił, co pisać, aż w końcu on sam dostał gorszą ocenę.

– Kiedy? – Kryśka umiała zagrać oburzenie świętej.

– Ty wiesz, kiedy! – mruknął Słoniu, blednąc na wspomnienie swojej jedynej trójki.

– Chciałam jeszcze zwrócić uwagę na taką sprawę – ciągnęła niewzruszenie Ewelina. – Każdy z nas ma jakieś grzechy na sumieniu, ale umie się do nich przyznać. Natomiast w tobie, Kryśka, nie ma ani grama pokory. Jeszcze uważasz się za ofiarę. Ofiarę, którą nie jesteś!

– Ewelina ma trochę racji – przyznała Huba. – Ja też nie zauważyłam u ciebie, Krysiu, chęci poprawy. A przecież klasa mogłaby ci pomóc i to nie tylko podpowiadaniem.

– Nie potrzebuję ich pomocy – przerwała jej ostro Kryśka. – Chodzę na korepetycje i to do prawdziwych specjalistów, a nie zwykłych pionków.

– To dobrze, bo te pionki nie dadzą ci już ściągać – rzucił Słoniu, urażonym tonem.

– Od ciebie to rzeczywiście dużo dałoby się odpisać, skąpciuchu – odparowała Kryśka.

Wtedy odezwała się Huba.

– Myślę, że wystarczy. Chciałabym, żeby teraz podnieśli ręce ci, którzy są za nagannym dla Kryśki. Jeśli będzie was ponad połowa, wpiszę jej taką ocenę.

– Czy ktoś może wstrzymać się od głosu? – odezwała się Lidzia.

– Naturalnie. A więc proszę, kto głosuje za nagannym?

118

*

Kryśka nie przyszła wczoraj do szkoły, co na nikim nie zrobiło wrażenia. Przecież i tak o tej porze siedziała na zwolnieniu. A poza tym są ważniejsze sprawy niż jakaś Kryśka. Na przykład niezapowiedziana (choć wyczekiwana od tygodnia) wizyta sekretarza Komitetu Wojewódzkiego. Przybył wraz z dworem zobaczyć słynne reformy Szymona Słupnika i prace dekoracyjne przed studniówką swojego siostrzeńca. A przy okazji postanowił przyjrzeć się z bliska oknom Widerskiej. To jest czujność godna sekretarza. Wie, co się dzieje na szybie szarego obywatela. I wszystko chce obejrzeć własnym okiem. Może nawet powierzy parę bolączek tęczowej plamie na szybie. Ale najpierw obowiązki. Czyli szkoła. Już na tydzień przed wizytą sekretarza blady Słupnik nakazał przyjść wszystkim w galowych ubraniach. W piątek rano spędzono nas wszystkich do sali gimnastycznej. Kazano odśpiewać „Wszystko co nasze, oddam za kaszę, a co nie nasze oddam za ryż" i jeszcze bardziej wypiąć dumne socjalistyczne piersi. Sekretarz wysłuchał hymnu, kiwając się ze znudzeniem na boki. A potem przedefilował przed nami. Młodą krwią narodu.

– Proszę, proszę. Same dorodne sztuki. A w Wolnej Europie trąbili, jakież to szkody poniesiemy z powodu kartek żywnościowych. I co?

– Jak zwykle kłamstwa, towarzyszu sekretarzu – wyszeptała przejęta Huba.

– I to kłamstwa haftowane grubą kapitalistyczną nicią – dodał sekretarz, po czym umilkł, zapewne zajęty poszukiwaniem sensu swoich słów. Po pięciu minutach nieudanych poszukiwań zajął się przesłuchiwaniem dorodnych sztuk.

– No więc, powiedz mi, młody człowieku, kim chcesz zostać?

– Emigrantem, towarzyszu sekretarzu.

– Mhm... – Sekretarz pokiwał głową. – Doskonale. A ty?

– Także emigrantem, towarzyszu sekretarzu. I kolega z prawej również – odpowiedział za Adasia Biedronkę Słoniu.

– No a koledzy po lewej? – dopytywał się sekretarz.

– My również chcemy zostać emigrantami, towarzyszu sekretarzu – huknęli zgodnym tonem koledzy po lewej.

– A urocze trojaczki z tyłu? — Sekretarz wskazał na Gracje, różowe z przejęcia jak ich kryształkowe kokardy.

119

– My też myślimy o wyjeździe. Najlepiej na Manhattan – wyznały.

– No a koleżanka obok to mi wygląda na uczestniczkę olimpiad. Średnia pięć zero. Zgadza się?

– Cztery, dziewięćdziesiąt dwa, niestety – wyszeptała Ola, zawstydzona. – To przez czwórkę z wuefu.

– Ale udział w olimpiadach...

– Jest, jest, jak najbardziej – potwierdziła Huba. – I to uwieńczony licznymi sukcesami. Na przykład na wojewódzkiej olimpiadzie z angielskiego Aleksandra Pyzula zajęła wysokie trzecie miejsce, z fizyki zaś aż...

– Dobrze, znakomicie – przerwał jej sekretarz. – Więc, powiedzcie mi, przodownico Aleksandro, gdzie widzicie swoje miejsce za parę lat?

– W toaletach domków jednorodzinnych na Staten Island. Chyba że trafi mi się opieka nad jakimś miłym żydowskim staruszkiem.

– Czy jest ktoś, kto nie chce wyjechać?

Zapadła cisza. Wszyscy zamarli w oczekiwaniu na reakcję sekretarza. Na jego werdykt. Co teraz będzie? Wyrzuci Szymona? Może chociaż zdegraduje Hubę? A może spisze nasze nazwiska i pozbawi prawa do paszportu? Trudno, najważniejsze, że pokazaliśmy mu, co o tym wszystkim sądzimy.

– No cóż, moi drodzy – odezwał się wreszcie sekretarz, obcierając sobie czubek buta o lewą nogawkę. – Wszyscy tak psioczą na emigrację, a ja mówię: I bardzo dobrze, że jest! Niech jadą, młodzi! Niech zarobią i podszlifują język. Zdobędą cenne doświadczenie. Może nawet uda im się podpatrzeć zachodnie technologie. A potem wrócą z całym tym bogactwem i amerykańskim optymizmem tu do nas, żeby pomóc w budowaniu lepszej ojczyzny. Więc powtórzę to, co mówię na wszystkich spotkaniach: Emigranci przyszłością narodu!

*

– Pokazaliśmy mu – cieszył się Adaś.

– Wreszcie wie, co myślą wszyscy – dodała Ewelina.

– I dużo sobie z tego robi – mruknął Słoniu.

Właśnie wracamy z „Wejścia smoka". Każdy je widział z dziesięć razy, ale w takim składzie jak dziś, to pierwszy raz. Bo, wyobraz sobie, poszliśmy do kina całą klasą. No, prawie całą, bo bez Kryśki, jej wiernego cienia Lidzi i, niestety, bez Bolka. Ale poza tym komplet. Nawet Aśka urwała się z domu, żeby dołączyć do grupy. Było tak, jak sobie wymarzyła Ewelina. Wszyscy razem, upchani w trzech rzędach. Najpierw kronika, a potem wspólna degustacja paluszków, oranżady i przygód Bruce'a Lee.

A teraz powrót. Przez zaśnieżony park. Na szczęście pusty, bo muszkieterowie przenieśli się do rudery Jałowca.

– Super film! – wzdychają Gracje.

– Super, ale było parę błędów – wtrącił Słoniu. – Na przykład ze sznurem. Najpierw Bruce niesie woreczek wielkości zeszytu, a za chwilę wyciąga trzydzieści metrów liny.

– Błędy i wypaczenia są zawsze – oznajmił Adaś Biedronka. – A mi się i tak podobało. I już myślę, z czego by tu zrobić nunczako.

– Nieważne, z czego – wtrącił Słoniu. – Ważne, żeby sznurek był dopasowany do rozstawu twoich oczu. Tak mówi tajemna zasada klasztoru Shaolin.

– Jesteś pewny z tym rozstawem? – zmartwił się Domański, właściciel blisko osadzonych oczu.

– Na stówę – potwierdził Słoniu. – Za zdradzenie tej zasady nasz mistrz zapłacił życiem.

– A w poniedziałek z samego rana – ciągnął Adaś – lecę się zapisać na karate. Łapy w górę, kto idzie razem ze mną?

Podnieśli wszyscy, poza Gracjami. No tak, trudno walczyć o czarny pas w falbaniastej spódnicy do kostek.

– Wynik gorszy niż przy głosowaniu przeciwko Kryśce – rzucił Adaś. Wcale niezłośliwie, ale mnie i tak od razu poczerwieniały uszy. Ciekawe czy innym też. O, chyba Słoniowi, bo mocniej naciągnął czapkę i burknął:

– Nie masz o kim gadać?

– Ojej, jaki drażliwy – uśmiechnął się Adaś z przekąsem. – A swoją drogą, pamiętacie może, jak głosowała Lidzia? Ja też nie. Powiem wam ludzie, że nie chciałbym być na jej miejscu.

– Daj już spokój z tą Kryśką – burknął Leszek.

– Ale ja myślałem o Lidzi, Domański. Dobra, zmiatam do domu. Poniedziałek, dziesiąta rano. Pamiętajcie.

203

Pamiętałam tylko ja. Ewelina wyjechała na ferie do Czech. Słoniu zdecydował się ćwiczyć judo. A reszta po prostu zapomniała o karate, o Brusie Lee i o tym, że mieliśmy się trzymać razem. Ewelina byłaby rozczarowana. A ja? Skoro już przyszłam, to zobaczę, jak walczą mistrzowie.

*

Zobaczyłam i wystarczy. Najpierw przez godzinę musieliśmy ćwiczyć upadki na matę. A potem przez następne pół słuchaliśmy wykładu, w siadzie klęcznym, na piętach. Jeden z asystentów krążył za naszymi plecami, sprawdzając, czy któryś z uczniów nie próbuje oszukiwać.

– Karate to nie tylko sztuka walki – zaczął mistrz. Gdzieś z boku odpowiedział mu cichy jęk. To asystent zdzielił trzcinką kolejnego oszusta, próbującego rozruszać zdrętwiałe stopy.

– Karate to sztuka panowania nad własnym ciałem. – Znowu jęk. – To sztuka samokontroli. – Jęk. – Tu nie ma miejsca dla niecierpliwych. Ani tym bardziej dla fanów Bruce'a Lee! – Jęk, tym razem rozczarowanych fanów. – Tu nie ma miejsca dla osiedlowych zabijaków. To miejsce tylko dla najwytrwalszych. Dla tych, którzy nie boją się kroczyć ścieżką bólu, potu i łez, ku perfekcji.

Jeśli to potrwa dłużej, nie będę miała na czym kroczyć. Jeszcze chwila i odpadną mi duże paluchy. A może już odpadły. Sprawdźmy. W tej samej chwili poczułam przeszywający ból na plecach. Trzcinka asystenta.

– Za co?! – krzyknęłam. Znowu gwizd trzcinki.

– To na tym ma polegać to wasze karate?! – wrzasnęłam. – Na biciu słabszych? I wy nam opowiadacie o sztuce samokontroli?! – Okimasu! Sayonara! – usłyszałam, co w języku mistrzów oznaczało pewnie „won".

I dobra. Nie każdy musi mieć czarny pas.

*

Nie każdy. Ale muszę sobie znaleźć jakieś zajęcie. Żeby wypchać grafik tak porządnie, jak siennik mojej prababci. Bo tylko wtedy uda mi się zapomnieć, że:

– Ewelina dalej siedzi w Jawornikach i pewnie świetnie się bawi. Beze mnie.

– Bolek dał mi spokój i przestał nawet dzwonić.

– Trochę mi głupio z powodu Kryśki.

– Chyba zraniłam babcię.

To znaczy nie chyba, tylko całkiem na serio. Prosto w serce. A wszystko dlatego, że moja babcia ma stanowczo za dużo tajemnic. Nudziłam się, za oknem dziadek mróz. Więc pomyślałam, że porobię porządki w toaletce. Przejrzę cepeliowską szkatułkę (rodzinny sejf), wywalę zardzewiałe agrafki i połamane guziki. Otworzyłam i znalazłam list do Elizabeth Taylor. Zerżnięty z mojego starego listu do ciebie. Niemal słowo w słowo. Tylko peesy były po polsku. W dopisku numer 4 babcia pochwaliła się Liz, że opanowała wreszcie sztukę malowania brwi. Co nie było łatwe, zważywszy jej toporne paluchy. Ale siła woli i dobra czeska kredka potrafią zdziałać cuda. Dzięki nim groźne brwi Elizabeth mają swojego sobowtóra w bajklandii.

– No to się wydało – skwitowała babcia, usiłując zakryć dłonią zawstydzony policzek.

– Jak mogłaś?!

– Poprzedni wzór miałam od Gieni Drożdżakowej. Niestety, zero odzewu, więc pomyślałam, że może z twoim....

– Bo tamten to była prośba o prospekty i naklejki – wyjaśniłam.

– Jaka prośba?

– Normalna. Jakieś dwa lata temu Drożdżakowa chciała zaszpanować nalepkami na lodówce, więc Bolek przyniósł jej adres i machnął list. „Szanowny koncernie XYZ, u nas szara bida, dlatego proszę o parę prospektów i kolorowych nalepek, które by ożywiły moją kuchnię i inne pomieszczenia. Obiecuję za to, że jeśli uda mi się stąd prysnąć, będę jadł wyłącznie wspaniałe ketchupy produkcji XYZ".

– To już wszystko jasne! – Babcia złapała się za czoło, zapominając o purpurowym policzku. – Taki wstyd! Taka kompromitacja przed Liz Taylor!

– Może wybaczy, jak przeczyta ten, który beczelnie zerżnęłaś z mojego listu – prychnęłam.

– Jeśli cię to pocieszy, Ania, nie zrozumiałam ani słowa. Poza „i love". Ale po takiej kompromitacji już nic nie udobrucha Liz.

– Babcia ukryła twarz w dłoniach.

Zrobiło mi się jej żal. Wyobraziłam sobie, że to ja wysyłam list do ciebie, z prośbą o parę nalepek. Ale wstyd! Biedna babcia. Ale to jej wcale nie usprawiedliwia.

– Jak mogłaś – powtórzyłam, ale tylko tak, dla zachowania fasonu.

– Bo nie wiedziałam, że to żałosna żebranina... – zachlipała babcia.

– Pytałam, jak mogłaś zawracać głowę jakiejś aktorce.

– Normalnie. Ty masz swojego Limahla, a ja...

– Ale ja mam tylko siedemnaście lat! – rozsierdziłam się. – A ty!?!

– A ja mam dwieście cztery! I co z tego? Uważasz, że nam starym nie wypada tęsknić za lepszym, bajkowym światem? Że nie mamy prawa wzdychać do tego, co nieosiągalne? Że jak skończysz trzydziestkę, to po prostu wyłączysz wszystkie tęsknoty i pragnienia? Jakaś ty, Ania, głupia. Jaka głupia. – Babcia pokiwała głową i ocierając łzy, poczłapała do spiżarni.

*

– Powinnaś przeprosić, Kropelkówna, bez dwóch zdań – oznajmił pan Wiesiek.

– Ale przecież to ona złamała tajemnicę korespondencji!

– Jaką tajemnicę, skoro nic nie zrozumiała? Podobnie jak nasi cenzorzy zresztą. – Zarechotał. – Czytają, ale nie kumają. I za to dać im wódki z pieprzem.

– Gmerała w moich rzeczach! – upierałam się.

– A ty w jej. Sama się przyznałaś, że podkradasz babci perfumy. Te Miss coś tam.

– A ona podkrada moje Zielone jabłuszko. Więc jesteśmy kwita. Poza tym, kto to widział, żeby emerytka używała wody Miss Punk.

– Czepiasz się i tyle. Ja, na przykład, lubię się czasem skropić Currarą i co, też mi powiesz, że nie wypada?

– Pan używa Currary? Dlaczego?

– Bo lubię, Kropelkówna. I mam w nosie, co sobie pomyślą kwadratowe mózgi! Czerwone masz!

– Przecież stoję. Myślałam, że w pewnym wieku...

– O, i jeszcze przypomniałaś babci, że ma dwieście lat.

– Sześćdziesiąt – mruknęłam.

– Dla ciebie to jeden pies. Cofnij! Przecież wy, nastolatki, wszystkie myślicie, że dla was czas zrobi wyjątek. Że Bóg zatrzyma zegar i zawsze będziecie miały siedemnaście lat.

– Nieprawda!

– To mi powiedz, ja sobie wyobrażasz siebie za dziesięć lat? Albo za dwadzieścia.

– Za dwadzieścia? – zamyśliłam się. – To już chyba będzie po wszystkim.

204

Dobrze, że mam te jazdy, bo zanudziłabym się na śmierć. W kinie lecą „Białe rosy" produkcji ZSRR na zmianę z bułgarskim thrillerem „Gdzie jest kefir Iwana?". W bibliotece posucha. Ktoś mnie ubiegł i powycinał wszystkie fajne zdjęcia. Bolek pojechał na plener malarski. Babcia znalazła nowego nieznajomego, a Drożdżakowa – rewelacyjną płytę Deep Purple. Więc zamknęła się w chałupie i daje Drożdżakowi po kosmatych uszach.

A na dyskotece chamstwo i drobnomieszczaństwo. Byłam raz, o dziewiątej wyszły na parkiet trzy zakochane pary. Reszta ustawiła się pod ścianą i chichocze. Dopiero, jak puścili Sandrę, zrobiło się tłoczniej. Poprosił mnie do tańca taki jeden kowboj. Z tym „poprosił" to się odrobinę zagalopowałam. Złapał mnie za rękę i pociągnął na parkiet, rzucając po męsku: „Chodź tańczyć". Pewnie bym i zaprotestowała, ale właśnie poleciał Savage i nogi same zaczęły mi pląsać dwa na jeden. Ależ ten Savage ma głos. W domu nie za często go puszczam, ze względu na babcię. Powiedziała, że facet tak zawodzi, jakby umarły mu dzieci (cała piątka) albo spłonął dom.

– A ukochana żona odeszła z najbliższym przyjacielem. Weźże, Ania, włącz coś mniej przygnębiającego.

Cóż, nie każdy potrafi docenić new romantic. Na szczęście pan z dyskoteki dobrze wie, jak zapełnić parkiet. Śmigamy z kowbojem z jednego końca sali na drugi. Ja, skupiona na obrotach, nawet nie zauważyłam, że potrącili nas ludzie szalejący tuż obok. Ale kowboj zauważył. Przestał tańczyć i podszedł do tamtych, informując, co im zaraz zrobi.

– Więc usuń się, kurna, bo zarobisz. – Pokazał dłonie jak bochny, a potem włączył się w rytm i zakręcił mną trzy razy, potrącając przy okazji pięć dziewczyn bawiących się w kółeczku.

– Uważajcie, laski, bo tornado idzie – zażartował. A ja? Chciałam okazać oburzenie albo chociaż dezaprobatę. Ale próbowałeś kiedykolwiek okazywać dezaprobatę, kręcąc piruety przy piosenkach Savage? To spróbuj, będziesz wiedział, że jest to absolutnie niemożliwe. Ale w przerwie powiem kowbojowi, co myślę.

Niestety, okazało się, że to składanka. Półgodzinny miks, który wyciska centymetrowe bąble na stopach i hektolitry potu. A wszystko po to, by zmusić zmęczonych tancerzy do konsumpcji ciepłej oranżady w pobliskim drink-barze, gdzie didżej ma udziały. Więc suniemy dalej, krążymy bez ustanku. Prawie, bo czasem kowboj zatrzymuje się, żeby postraszyć bochnami i znajomością trzech chwytów dżiu-dżitsu. Z paroma zadziornymi już się umówił na poważną rozmowę po zabawie. Kiedy skończy się ten cholerny miks? No, wreszcie.

– Ależ ty masz akumulatory, młoda – chwali mnie kowboj. – Pół godziny jazdy i żadnej zadyszki. Tylko mina coraz bardziej zacięta. Zaimponowałaś mi, wiesz?

– Powinnam się popłakać ze szczęścia?

– I język jak trzeba, na miarę moich ciosów. Szybki i ostry. – Uśmiecha się, odgarniając z czoła mokrą od potu grzywę. – Chcesz ze mną chodzić?

– Nie, ja szukam kulturalnego gościa.

– To co – oburza się kowboj – mam się teraz kultury uczyć czy jak?

– Nie wiem, czy to jeszcze możliwe – rzucam i zmykam do kibla.

A stamtąd ekspresem do domu, zanim do kowboja dotrze, że to nie był komplement. A ponieważ zraniona duma wyostrza pamięć do twarzy, to mam z głowy dyskoteki przynajmniej do lipca. Dlatego cieszę się z tych jazd. Zawsze to jakaś rozrywka. Dziś, na przykład, prujemy przez zaśnieżony zagajnik, a pan Wiesiek rzuca:

– Ty, Kropelkówna, nic nie jesteś domyślna. Wożę cię co dzień do lasu i nic. Zero reakcji. Po prostu dupa z ołowiu.

– Tak pan mówi, a jakby maluch stanął...

– Jakby stanął, to musiałbym się sprawdzić.

– Akurat. Kazałby mi pan szukać frajera do pchania.

– Bo i tak wiem, że z romansu nici. Wystarczy spojrzeć na twoją minę. „Spadaj, kmiocie, nie dostaniesz Ani Kropelki". To co mam zrobić? Tylko wycofać się z godnością. Jak ten, no... z Casablanki. Buda!

– Gdzie?

– Buda, znaczy: schyl się przy cofaniu! – No tak, prawdziwy twardziel z polskiej Casablanki. – A teraz rura i gaz do dechy. OK, włączam trójkę i suniemy, jak na pershingu.

– Wiesz, jak udzielić pierwszej pomocy zomowcowi? – pyta po pięciu minutach szalonej jazdy po oblodzonej drodze.

– Nie.

– I bardzo dobrze, Kropelkówna. I bardzo dobrze.

Kurczę, kiedyś za taki kawał to by pan Wiesiek ładnie sobie beknął. A teraz? Prawie pełny luz. W każdym razie, nie to, co dwa lata temu. Jak umarł Breżniew, Walenciak zażartował, że to dlatego, że Reagan wprowadził embargo na części zamienne. Potem zapytał, czy wiemy, czym jest dla nas pogrzeb Leonida. Nie wiedzieliśmy.

– Kroplą w morzu potrzeb – odparł. A trzy dni później mieliśmy nowego pana od historii.

Na szczęście cenzorów też dopada tumiwisizm i marazm. Więc pan Wiesiek tak strasznie znowu się nie naraża. Mam nadzieję, bo w sumie polubiłam gościa. Nawet, jeśli sobie za bardzo pozwala. Na przykład wczoraj rzucił: „Jedź, bo cię zgwałcę!". Ale zaraz dodał, że to tylko propozycja.

– Żałosna – skwitowałam.

– To podpowiedz mi lepszą.

– Pojedźmy do Dziadowic. Podobno w „Familijnym" mają jeszcze kompot z ananasów. I czarną pastę do butów.

– Serio?! To bym dopiero teściowi prezent sprawił. Bo co rano klnie, jak ma pastować na brązowo swoje czarne półbuty.

– A poza tym można bez problemu wymienić stare naboje do syfonu. Ile tylko się chce – kusiłam dalej. – Bo wiadomo, jak jest w naszym PSS-ie.

Siedzi królowa śniegu w białym diademie z przybrudzonej koronki i lodowatym głosem oświadcza, że przyjmuje wyłącznie naboje wypolerowane drobnym papierem ściernym. Na błysk. I nikogo nie obchodzi, że kupiłeś od razu z centymetrową warstwą rdzy.

– To jedźmy – zapalił się pan Wiesiek. – Tylko zawiniemy do mnie po wiaderko nabojów.

*

Zaparkowaliśmy przed „Familijnym" i pędzimy, zanim zamkną. Kurczę, w tych Dziadowicach to pełna kultura. Kolejka góra na piętnaście minut. Nikt się nie pcha, a niektórzy prawie uśmiechnięci. Na przykład ten z lewej. Zaraz, zaraz, czy to nie...

– Tomek? – ucieszyłam się. – To ja, Anka.

– Cześć! – Podał mi rękę. – Miałaś wtedy taką, jakby to ująć.... po prostu całkiem inną fryzurę. I ten ekscentryczny makijaż.

– Chciałam zrobić wrażenie.

– I zrobiłaś, naprawdę – zapewnił Tomek, przygryzając dolną wargę. – Zwłaszcza te rzęsy. Ale widzę, wszystko w porządku, nie odpadły.

– A ty nie na studiach? – zmieniłam temat.

– Wziąłem sobie dziekankę. Taki urlop. Zdrowotny – dodał ciszej. – Bo musiałem odpocząć od tych wszystkich tajniaków na uczelni. Dostałem fenactil i...

– I jak?

– Jest lepiej. Ale najważniejsze, że montują znacznie mniej tych cholernych nadajników.

– W ogóle wyższa kultura – pochwaliłam. – Nie to, co u nas w bajklandii.

– Przyjechałabyś trzy lata temu. Jak mieli rzucić zamszowe buty na kartki, to się tyle luda zebrało pod sklepem, że poszła szyba.

– Tak sama z siebie poszła?

– Nie, trochę jej pomogli. Bo wiesz, każdy chciał wejść do środka i pozbyć się tych cholernych talonów. Więc napierali, aż szyba poszła w drobny mak. Jak to zobaczyli dostawcy, to zaraz uciekli z towarem do bajklandii.

– Pamiętam! Kupiłam wtedy takie zamszowe mokasyny. Ale nie masz czego żałować. Włożyłam je raz do kościoła i po godzinie wygryzły mi po pół stopy. Ledwo wytrzymałam do końca drogi krzyżowej.

– A jak tam Ewelina? – zapytał Tomek.

– Myślałam, że jesteście w kontakcie.

– Skąd! Ostatni raz widzieliśmy się wtedy, w styczniu. Nawet się zdziwiłem, czemu mnie zaprosiła, bo zwykle... – zerknął gdzieś w bok – zwykle to mnie unikała, wiesz. Może było jej głupio z powodu tej mojej dziekanki.

– Przecież każdy czasem choruje.

– Niby tak. – Umilkł na chwilę. – A wtedy to sobie pomyślałem, że pewnie chce pogadać o tacie.

– Co się stało z jej tatą?

– Przestał do nich dzwonić. A na święta przysłał papiery rozwodowe.

*

To jeszcze gorsze niż zagranie mojego ojca. Bo ja swojego nie znam, więc nie wiem, co tracę. A Ewelina wie. Traci TAKIEGO człowieka! Biedna Ewelina! Gdyby była tu na miejscu, zaraz bym do niej tyrknęła. I...

– No właśnie co, Kropelkówna? Co byś jej powiedziała? Współczuję? I myślisz, że by się ucieszyła? – prychnął pan Wiesiek. – Coś ci powiem, tylko skręć tu w boczną. Jak mój teściu miał na boku babę, nie wytrzymałem i nie patrząc na wiatrówkę, pobiegłem do teściowej. Bo jak wiesz, byłem młody i naiwny... Dwójka!

– I oszczędny – dodałam, zmieniając bieg.

– ...i oszczędny, więc nie chciałem tracić takich pysznych obiadów. To kupiłem wiązkę gerber i pognałem pocieszyć kobitę. A przy okazji zmotywować do walki o męża.

– A ona, co?

– Jak zobaczyła te kwiaty, Kropelkówna, od razu spurpurowiała. Myślałem, że zacznie krzyczeć albo co. Ale tylko spuściła głowę i wyszeptała: „Wolałabym, żebyś udawał. A wiesz, czemu?".

– Czemu?

– „Bo teraz, Wiesiu, to ja już nie mogę udawać.". Więc sto razy się zastanów, czy naprawdę warto.

205

Może nie. Jeśli moje współczucie ma Ewelinę upokorzyć, to wolę milczeć jak grób. I chyba nawet muszę. Bo nie za bardzo mamy okazję pogadać. Na przerwie krążymy w parach i Ewelina ciągle trafia do innej. No a na lekcji, to... Nie ma warunków i już. Huba zaraz chrząka i stuka ekierką. Słupnik natychmiast wywołuje do odpowiedzi, London szydzi, a... A tak naprawdę to siedzę sama i tyle. Kiedy wbiegłam w poniedziałek spóźniona do klasy, miejsce obok Eweliny było już zajęte. Aśka wróciła. No cóż, żadne wczasy nie trwają wiecznie, nawet te wypisane przez Lipińskiego. Trzeba kiedyś zejść na ziemię. Do trzeciej ławki, po lewej. Na swoje miejsce, żeby znowu był ład i porządek.

A jednak, nie ma się co oszukiwać, zabolało mnie i już. Bo myślałam, że będzie inaczej. Że może Ewelina przesiądzie się do mnie. Albo... Sama już nie wiem. I zaczynam się gryźć, czy to przypadkiem nie moja wina. Bo gdybym nie spóźniła się na lekcje, tylko przyszła przed Baczyńską, to może byłoby całkiem inaczej. Ale ja oczywiście musiałam pospać do w pół do ósmej!

A może Ewelina nie chce się narzucać? Może powinnam ją zaprosić do swojej ławki? Tak właśnie zrobię. Na następnej przerwie.

Na następnej przerwie Słupnik od razu kazał nam krążyć i Ewelina trafiła do pary z Olą. A ja spaceruję z Lidzią. I milczymy obie, skrępowane.

Ze szkoły wracaliśmy we trójkę. I chyba przez Słonia było inaczej niż zwykle. Jakby każde z nas założyło niewygodny, wykrochmalony na blachę mundurek. W takich warunkach trudno rozmawiać o zmianie miejsca. Nie wypada i już.

– Jak się bawiłaś w Czechosłowacji? – zapytał Ewelinę Słoniu.

– Jedzenie super. Chłopaki do bani. Zaraz w pierwszy dzień pobiegli kupić katalogi z bielizną, żeby „se popatrzeć na gołe baby".

– Dzieciaki – skwitował Słoniu. – A masz coś do opchnięcia?

– Przywiozłam tylko dla siebie. Trochę bananów, mandarynek, jakieś czekolady – wymieniała obojętnym tonem, a my ze Słoniem przełykaliśmy ślinę. – I kawę. Rozpuszczalną.

– Widzę, że zaszalałaś.

– Zapraszam na degustację. – Ewelina wreszcie się uśmiechnęła. – Tylko zadzwoń wcześniej, bo jestem teraz bardzo zajęta.

*

Jest teraz bardzo zajęta, co oznacza, że nie mogę wpaść ot tak, bez uprzedzenia. Jeszcze by pomyślała, że przyszłam z powodu tych bananów. Które, jak obie wiemy, nigdy się nie nudzą. Póki nie pozjada wszystkiego, wolę ograniczyć nasze kontakty do rozmów na przerwach. Chyba że sama mnie zaprosi do siebie. Nie wiem tylko, czy teraz wypada ją pytać o tę ławkę. Bo może znowu pomyśli, że chodzi o banany. A co ty byś zrobił, Chris? Może jednak zaryzykuję i zapytam? Podejdę tylko na chwilę i rzucę Ewelinie luźną propozycję. Niby od niechcenia, żeby nie czuła się naciskana. To idę. Trzymaj kciuki.

Nie zdążyłam nawet wstać, bo do klasy wkroczył Kojak. Usiadł na rozchwianym krześle i zaraz zaczął szukać w szufladzie swoich ulubionych lizaków.

– No i co, klaso? Tęskniliście? Bo ja, panie, trochę tak. Nie za dużo, żebyście sobie nie myśleli, ale jednak.

– My też tęskniliśmy, panie psorze.

– Aż dziw, że mieliście czas. Słyszałem od magister Huby, że sporo się tu w klasie wydarzyło. Pewnie Workówna już do nas nie wróci. Tego chyba chcieliście, co?

Nie odezwaliśmy się. Każdy zajęty zamalowywaniem kratek w zeszycie do matmy.

– To mi przypomina pewną historię sprzed paru lat – zaczął Kojak i zamyślił się na chwilę. – Uczyłem w podstawówce. I trafiłem, panie, na okropną klasę. Nieuki, wagarowicze. A wśród tych gamoniów był jeden, najgorszy. Kłamał w żywe oczy, jeszcze bardziej niż wy, Szymecka. No i, panie, raz ten łobuz zbił w szkole szybę. Cała siódma ce dostała karę. Nie ode mnie, bo wiecie, jaki jestem.

– Wiemy: powrzeszczy, ponarzeka, zeżre trzy kojaki i na drugi dzień spokój. – Ale dyrektorka się wściekła o tę szybę. I o to, że nikt nie wydał winnego. Zapytałem ich wtedy, dlaczego nie donieśli. Wiecie, co usłyszałem? „Bo tak się nie robi, psze pana". I teraz pytanie za sto punktów: Co sobie wtedy pomyślałem? Domański, słucham. – Cisza. – Że to jednak, panie, całkiem fajna klasa.

*

– Całkiem fajna – zgodził się pan Wiesiek. – Bodek, mój kuzyn, trafił do niefajnej, niestety. Raz nawpychał zapałek do zamka i klasa urządziła mu niezłą kocówę. Zebrali się w kręgu jak wilkołaki i zaczęli go tłuc, workami od kapci. A wiesz, kto nakręcił ten cały lincz? Słupek!
– Chyba Słupnik – poprawiłam. – O cholera, słupek!
– Właśnie mówiłem. – Pokiwał głową z politowaniem. – A nagonkę wymyśliła taka jedna kolekcjonerka świadectw z czerwonym paskiem. Naopowiadała, jak to będzie fajnie, kiedy klasa się zjednoczy. I jaka to niby korzyść dla Bodka. Wreszcie się chłopak dowie, nad czym powinien popracować. Ukorzy się, przeprosi, a potem podda pełnej resocjalizacji.
– I przeprosił?
– W kręgu nienawiści nie ma miejsca na przeprosiny. Jest miejsce tylko na jedno: walkę do samego końca.
– I Bodek walczył?
– Jak ranny lew! Przy okazji podarł kurtkę tej aktywistce. I wiesz, co zrobiła, głupia pinda? Poszła ze skargą do wychowawcy. Pomyśl tylko, zorganizowała nagonkę na gościa, a potem miała żal, że zamiast stać spokojnie, to się broni. Na szczęście miała normalnego wychowawcę, więc ją wyśmiał. I jeszcze kazał wkuć na blachę wiersz „Skarżypyta". Ale Bodek i tak zmienił klasę.

*

Tak jak Kryśka. Może niedokładnie tak samo. Bo Kryśka po prostu przestała chodzić do szkoły. I mam wrażenie, że nie wróci.
– Na pewno nie wróci – potwierdził Bolek. – Teraz zrobiła sobie przerwę. A od września będzie chodzić do Dziadowic. Pewnie jesteś dumna.
– Po to tylko dzwonisz o siódmej rano? Żeby psuć mi humor na cały dzień?

– Dlaczego? Przecież nigdy Kryśki nie lubiłaś. Powinno cię cieszyć, że masz ją z głowy. I z oczu.

– Jak tam studniówka? – zmieniłam temat.

– Wiesz, że nie cierpię tańczyć.

Nie cierpi, to mało powiedziane. Bolek porusza się po parkiecie jak zepsuty robot. Jedyny taniec, którego ewentualnie mógłby się nauczyć w stopniu basic, to księżycowy krok Michaela J.

– Poza tym nie miałem z kim iść. Ty kazałaś mi się odczepić. Dziewczyny w klasie już od dawna porobiły rezerwacje u przystojniaków z technikum.

– Mogłeś zaprosić Kryśkę – rzuciłam złośliwie.

– I zaprosiłem.

Zaprosił Kryśkę. W końcu znają się od piaskownicy, to czemu miał z nią nie iść.

– A ja byłam na dyskotece ze Słoniem – skłamałam.

– I co? Fajnie się tańczyło?

– Ge-nial-nie. Dlatego zaraz po Wielkim Poście wybieramy się znowu. I do kina też. Oraz na festyn.

– Widzę, że wam się kroi pracowita wiosna. No cóż, nie będę przeszkadzać. Chyba że ładnie mnie poprosisz, to przyjdę po lekcjach.

– Nie mam zamiaru – odparłam tonem obrażonej księżniczki.

Bolek pożegnał się i odłożył słuchawkę.

Sama nie wiem, kiedy znalazłam się w szkole. Pędziłam z taką złością – na Bolka, cały ten głupi świat i przede wszystkim na siebie – że nawet nie zauważyłam Słupnika w drzwiach szatni. Lubi się tam zaczaić, jak pająk. I obserwuje, który z nieboraków odpuścił sobie mundurek albo tarczę. A potem wyskakuje zza drzwi, z gotową karą na ustach.

– Kropelka, osiem punktów za brak kapci! Chyba że cię nie stać na parę juniorków!

To taki niby dyrektorski żart, a ofiara powinna pokornie odpowiedzieć, że „nie, panie dyrektorze, oczywiście mnie stać. Tylko ja taki matoł jestem i znowu zapomniałem. Dlatego bardzo proszę o te punkty karne". Powinnam tak powiedzieć, ale po kłótni z Bolkiem, nie dałam rady wydusić z siebie przeprosin. Pełna blokada!

– Właśnie mnie nie stać! – burknęłam, patrząc Słupnikowi prosto w prawe oko, to mniej żółte. I o dziwo, nie zamieniłam się w kamień. A tyle nas straszono, już od ósmej klasy! Że Słupnik to bazyliszek i wolno mu patrzeć tylko na buty.

– Ciebie nie stać? Ciebie? To ja ci na te kapcie dam! – Wyszarpnął z kieszeni trzy zmięte stówy i rzucił mi pod nogi. Pewnie sądził, że uruchomi lawinę pokory. Schyliłam się, podniosłam forsę z ziemi, chuchnęłam na szczęście, a potem schowałam, mówiąc:

– Dziękuję za gest, panie dyrektorze. Jak nie starczy, to stawię się w sekretariacie po resztę.

I wymaszerowałam z szatni. Dogonił mnie na piętrze.

– Oddawaj pieniądze – syknął.

– Jak widzę, to był tylko piękny gest – odparłam, gmerając w kieszeni spodni. – Ale czego można oczekiwać od władzy?

206

Na przednówku biegają klienci od sklepu do sklepu. Na próżno, ziemniaków nie ma! Sprzedawczynie rozkładają ręce: „Nie dowieźli!". Co na to inżynier Bigos, dyrektor największej placówki „Społem"? „Trochę ruchu po zimie przyda się każdemu. Niech zatem narodzi się nowa bajklandzka tradycja – bieg po sklepach". A ziemniaki? „Można je śmiało zastąpić pęczakiem".

Więc zastępujemy. Zwłaszcza że, zdaniem bułgarskich dietetyków, taka zamiana ma tyleż plusów, co minusów. Z tym że minusów jest jednak więcej.

A co do ruchu, Bigos ma rację. Dlatego poza bajklandzkim aerobikiem uprawiam taki normalny, w MDK-u. Dzisiaj idę na pierwsze zajęcia. Sama, bo Ewelina nie ma czasu. Tak mi oznajmiła na przerwie. Zapytałam, co robi po południu. A ona na to, że musi umyć okna.

– Przecież okna myje się wiosną. Tak mówi tradycja.

– Teraz tradycję tworzy prezydent miasta. Wczoraj ogłosił, że od niedzieli wchodzi kategoryczny zakaz poboru wody w godzinach między piątą rano a jedenastą w nocy, do celów innych niż spożywcze. A że od tygodnia obowiązuje kategoryczny zakaz hałasowania przy myciu okien między dziesiątą w nocy a szóstą rano, to sama widzisz, że nie mam wyboru – westchnęła.

Chciałam zaproponować pomoc, ale zabrakło mi odwagi. Pomyśli, że się wpycham, albo chcę się podlizać, żeby wymanić jakiś drobiazg z Czech. Nie, to już wolę pójść sama. Przetestuję co i jak, i za tydzień ponowię prośbę.

Poza tym nie będę tam przecież sama. Razem ze mną będzie dwadzieścia innych aktywnych dziewczyn. Dlatego muszę się odstawić. Włożę pasiaste getry zrobione z obciętych rękawów swetra Drożdżakowej i plecioną opaskę na czoło. A potem stanę na środku i zaszpanuję kondycją uzyskaną dzięki cotygodniowym wygibasom przy kasecie z NRD. Bolek przywiózł mi ją rok temu z zimowska w Bautzen.

– Spodobały mi się te trzaski bicza i porykiwania trenerki – wyjaśnił, wręczając kasetę owiniętą w supermodną frotkę do ścierania potu z czoła. – A poza tym, podobno pomaga rozwijać krzepę niemieckim lekkoatletkom.

Krzepy wprawdzie za dużo mi nie przybyło, ale już po godzinie ćwiczeń dowiedziałam się, że mam mięśnie w takich miejscach, Chris, o których wstydziłabym się nawet pomyśleć.

A po dwunastu treningach zrobiłam przerwę, przerażona grubością swoich łydek. Mam nadzieję, że polski aerobik jest mniej inwazyjny. Za chwilę się przekonamy.

Weszłyśmy na salę gimnastyczną. Skulone – trochę z zimna, a trochę ze wstydu, że musimy odsłaniać sinobiałe uda. Nie każdy ma czas uganiać się po sklepach za dresem. Dlatego połowa dziewczyn wystąpiła w niemodnych spodenkach z lamówkami, a reszta w obciętych dżinsach. Do tego getry wydziergane na pracach ręcznych i taka sama opaska na czoło. Niby ma wchłaniać pot, a tak naprawdę tylko przeszkadza i co chwilę spada na oczy. Stoimy pod drabinkami i ukradkiem porównujemy swoje nogi. Która ma najbielsze. Nagle na salę wbiegła blond maszyna w nowiutkim czechosłowackim dresie. Włączyła kasetę z piosenkami Boney M i rozpoczęła rozgrzewkę.

– O Jezu! To przecież Trąbińska z czwórki – jęknęły dziewczyny za mną. – Ale będzie masakra.

– Jałówki z lewej! – wrzasnęła Trąbińska, machając rękami jak wiatrak. – Ruszyć grube dupska! I raz! I dwa! I trzy, i cztery, przysiad! Powtórka! No jak ty siadasz, blondyna! Jak żaba! U mnie, w szkole, już byś dostała pałę na szynach! I raz, i dwa! Nie mylić się! Utrzymać tempo. A teraz błyskawicznie kładziemy się na plecach!

Wszystkie padłyśmy niczym zestrzelone serią z karabinu.
– I pedałujemy! Szybciej. Ty, lala, machajże tą nogą, a nie komary odganiasz. I raz, na brzuch i łapska przed siebie. A koleżanka to chyba coś łyknęła, bo tak się rączki trzęsą.
– To z wysiłku – wyrzęziła szatynka w satynowych szortach.
– Z lenistwa kochana! I raz, i dwa! Leżało się w fotelu całą zimę, co? To teraz masz, za karę! Wstajemy. Tempo! – Zaklaskała. – I kankana! Tors do przodu! I równo! Szybciej! Co się tak ruszasz jak mucha w miodzie! Tempo, kobito! Jak się nie ma w głowie, to trzeba mieć w nogach! I z powrotem na plecy. Dwadzieścia brzuszków. Tylko mi nie oszukiwać, bo będę pluć jadem. Co ty tak stękasz, na porodówce jesteś? Tempooo!!! I jeszcze pięć i klękamy!

*

Godzinę później wyczołgałyśmy się z zaparowanej sali. Chyba jednak wolę indywidualny wysiłek przy tej kasecie od Bolka. Przynajmniej nie rozumiem, co do mnie wrzeszczy trenerka.
– Nie wiesz, gdzie można wyżąć bluzę? – spytałam na wpół roztopioną blondynkę. Nie dała rady wykrztusić, więc pokazała ręką. Prawo, a potem prosto.
Doszłam do końca korytarza i nic. Żadnej łazienki. Za to po lewej zobaczyłam niewielką salę, a w niej kilkanaście dziewczyn ćwiczących przy lustrze figury baletowe. „O, tu mogłabym chodzić" – pomyślałam, zaglądając ostrożnie do środka. Kraina łagodności. Zamiast rozdartej Trąbińskiej szczupły facet w obcisłym kostiumie uwydatniającym to i owo. Zamiast „Rasputina" – „Taniec Anitry". No i ciuszki u dziewczyn fajniejsze. Białe spódniczki z nakrochmalonej firanki, do tego kapcie wywrotki udające baletki. Tylko jedna ma nowiutkie czeszki na gumowych spodach. Zaraz, zaraz, to przecież Ewelina. A obok niej ćwiczą... Aśka i Ola.
Co to wszystko ma do cholery znaczyć?!

207

„Dzięki inicjatywie Dyrekcji Wydziału M4, pracownice walcowni, obok zwyczajowego goździka, otrzymały po parze rajstop i zapewnieniu, że dwie następne dostaną na Pierwszego Maja. Wzruszone podziękują za ten miły gest jeszcze bardziej wytężoną pracą. Zatem nie dla wszystkich kobiet 8 Marca jest dniem smutnym i nieodróżniającym się od setek innych zwyczajnych, szarych dni".

I dla mnie ten dzień różnił się od setek innych. Zaczęło się od spotkania z Gracjami, rano na rynku. Zauważyłam, że każda dźwiga spory bukiet białych frezji. Ciekawe, od kogo dostały? Czyżby w okolicy pojawił się książę?

– Same kupiłyśmy – pochwaliły się Gracje. – Róże byłyby bardziej wytworne, ale miałyśmy do wyboru tylko gerbery albo frezje. Myślisz, że Ewelinie się spodobają?

– A skąd mam wiedzieć?

– Ty ją tak dobrze znasz – wyjaśniły. – A my chcemy elegancko wypaść na tych urodzinach. Bo przecież będą tam wszyscy!

Będą tam wszyscy? Czemu nic o tym nie wiem!?

– Ty nic nie wiesz? – spytała jedna z Gracji, widząc moją minę.

– Pewnie że wiem, od tygodnia. Tylko po prostu jestem wściekła, bo muszę zostać w domu. Dziadek ma dzwonić i... mama też. A że nie wiadomo, o której się tego... no... dodzwonią, to już postanowiłam, że nie pójdę. Żeby Ewelina specjalnie nie czekała.

– Aha. – Wygląda na to, że łyknęły. Na pewno. Skoro wierzą w księcia na białym koniu? – Ale kwiaty prześlesz?

*

Nie prześlę. I nawet nie zadzwonię, bo nienawidzę się narzucać. Gdybym jeszcze umiała stosować sprytne gierki w stylu ciotki Jill z „Powrotu do Edenu". Zadzwonić na pogawędkę, a potem z głupia frant zaprosić Ewelinę do siebie. Na dziś wieczorem. Ciekawe, co by wymyśliła, żeby się wykręcić. Ale wiadomo, że nie zadzwonię. Skoro nie dzwoniłam od ferii.

Zresztą, co się takiego stało? Koniec świata, bo nie poszłam na jedne głupie urodziny? Może Ewelina chciała trochę ode mnie odpocząć. A nie, ciągle tylko Kropelka i Kropelka. Na przerwie, po szkole, w kinie i do niedawna w ławce. Koniec z monopolem Kropelkowym.

Leje. Musiałabym teraz gonić przez kałuże. Walczyć z zepsutym parasolem dziadka. A tak? Siedzę sobie w ciepłym pokoju oparta o piec. I słucham listy. O, na trzynastym „Dress you up" Madonny. Dobra do tańczenia. Pewnie u Eweliny też tańczą. W tym największym pokoju. A niesparowani obsiedli skajową kanapę i przy porzeczkowej kijafie obgadują rozbawionych tancerzy. Ciekawe, jak się ubrały dziewczyny. Ja mam na sobie stary, przyciasny dres, do tego poplamiony jagodami chiński podkoszulek. I luz. Mogę sobie robić, co zechcę. Na przykład kałamarz z chleba, taki sam, jakie lepił Lenin w więzieniu. A potem, używając mleka zamiast tuszu, napisać list demaskujący tajemnice bajklandii. Tylko komu miałabym go wysłać? Mogę też zrobić kisiel. Albo największą głupotę świata. I tak nikt nie zauważy, bo przecież wszyscy siedzą u Eweliny. Wszyscy poza mną! Zgroza!

A może Ewelina już zauważyła, że mnie nie ma? Może dotarło do niej, że popełnia straszliwy błąd. I zaraz, za chwileczkę, zadzwoni, z przeprosinami? Chyba właśnie dzwoni! Tak! Pobiegłam do telefonu.

Bolek.

– Słyszę, że nie bawisz się u przyjaciółki – zagaił.

To jest właśnie nasze miasteczko. Kichniesz w jednym jego końcu, a z drugiego słyszysz: „Nie zarażać!". Niech to szlag!

– Od kogo wiesz?

– Od Kryśki.

– Powinnam się domyślić. Nie bez powodu miała w klasie przydomek „BBC – gumowe ucho".

– Jaka złośliwa – skwitował Bolek. – To co? Już się nie przyjaźnicie z Eweliną?

– Zapytaj Kryśki – burknęłam.

Bolek umilkł.

– Coś jeszcze? Bo mam listę.

– Chciałem ci złożyć życzenia, Anka. Przynieść goździka i parę rajstop, żeby tradycji stało się zadość – zażartował.

– Na tyle cię stać? – prychnęłam, bawiąc się kostką Rubika. – Słoniu był bardziej pomysłowy. Dał mi różę i prasowankę z Sandrą.

– No proszę, jaka fantazja. A teraz pewnie tańczy u Eweliny?

– Poszedł jej tylko powiedzieć, żeby nie robiła sobie nadziei – kłamałam dalej. – I dlatego Ewelina jest na mnie taka zła.

– Kryśka też mi mówiła, że Ewelinie chodzi o faceta. – Umilkł na chwilę, a potem spytał tonem luzaka: – Ten Słoniu to naprawdę jest taki fajny?

Chciałam powiedzieć, że wcale nie jest. I że w ogóle mnie nie obchodzi. Ani on, ani jego magiczny proszek. Natomiast bardzo mnie obchodzą te urodziny. Od południa się zagryzam, dlaczego na nich nie jestem. Co ja takiego zrobiłam Ewelinie. Co się stało? To wszystko chciałam powiedzieć Bolkowi, ale po prostu nie mogłam. Może gdyby nie wspominał o Kryśce, gdyby tak nie szydził, to jakoś bym się przełamała, a potem to już poszłoby jak po maśle. Morze łez i ulga. Ale niestety, musiał szydzić, grać luzaka. Więc i ja muszę trzymać fason.

– Słoniu? Jest prawie taki jak Limahl. I czuję, że chyba się w nim zakochałam.

208, a nawet 209

Poniedziałek

W Kalifornii strajkują pracownicy Disneylandu. Chcą wygodniejszych kostiumów Myszki Miki i więcej popcornu na drugie śniadanie. W Londynie trwają protesty urzędników bankowych z powodu niewłaściwego oświetlenia biurek.

Wtorek

„Śmiech ciągle dozwolony" – takie hasło towarzyszyło konkursowi na rysunek satyryczny w Obwodzie Wołyńskim. Pierwsza nagroda to wycieczka do Kijowa. A może i trochę dalej?

Środa

W Polsce trwa ożywiona dyskusja na temat nowych zadań socjalizmu. „Wyjście z kryzysu to żaden cel", twierdzi profesor Trybulka.

A w bajklandii – wiosenne spotkania z socjalistyczną kulturą. Z tej okazji miasto odwiedził cyrk Arena. Podczas wieczornego spektaklu rozszalała się wichura, odsłaniając pełną dziur i burych łat plandekę namiotu. Mimo to przedstawienie było udane, co jeszcze raz udowadnia starą prawdę, że opakowanie zastępcze może kryć wartościowy towar.

Czwartek

W ramach spotkań ze wspomnianą kulturą zaproszono Jiřego Korna, ale w ostatniej chwili przeniósł występ do Dziadowic. Zamiast niego wystąpiła miejscowa sekcja karateków, co wiele dziewcząt przyjęło z dużym zainteresowaniem.

Piątek
Roboty produkują roboty – oczywiście w Japonii. U nas na razie są złomowane. Ale nic nie stoi na przeszkodzie, by to zmienić. Jeśli dojdą do skutku rozmowy z prezesem firmy Fugimoto, już za dwadzieścia lat bajklandia doczeka się sprawnego robota – śmieciołapa.

Sobota
Na pierwszym ciągle „Brothers in Arms", a w stołówce przy stalowni nadal giną aluminiowe sztućce. Dowcipni twierdzą, że pracownicy uszlachetniają w ten sposób wkład do pieców. Zirytowana dyrekcja apeluje o pozostawienie sztućców tam, gdzie ich miejsce, czyli na talerzu.

Niedziela
Nad ranem znikła tęczowa plama z szyby pani Widerskiej. Większość mieszkańców bajklandii zareagowała pytaniem: „Jak plama?".

Poniedziałek
Ogłoszenie z ostatniej chwili. Pracownicy, którym przyznano dodatek w postaci masła (100 gramów na osobę), są zobowiązani spożyć go na miejscu. Odstępowanie osobom trzecim lub wynoszenie masła poza teren zakładu jest niedozwolone. Przyłapanym grozi cofnięcie dodatku.

Wtorek
To nie był dobry dzień dla Ani Kropelki. Dostała dwóję za brak atlasu (zemsta Słupnika) i dwa minusy za źle (bo samodzielnie) rozwiązane zadanie z fizyki. Z uwagi na liczne porażki Ania musi się teraz skupić na rzeczach istotnych. A wszystko inne, mniej ważne, odłożyć na później.

WIELKANOC

Pisanki pomalowane, mazurek stygnie, baranek z ciasta gotowy (przypomina raczej jaszczura, ale my z babcią nie jesteśmy drobiazgowe), cukrowy zajączek odkurzony, rzeżucha rośnie i śmierdzi.

– Czego tu jeszcze brakuje? – zastanawia się babcia, wygładzając lniany obrus.

Czego? Polędwicy, bananów i ładnej pogody za oknem. A poza tym mamy i jeszcze bardziej dziadka. Bolka nie, bo spotkam go dziś na świątecznym śniadaniu u Drożdżaków. Umówiliśmy się wszyscy, że zjemy je razem. Ja z babcią i Dziurawcem, prababcia z panem Sitarzem, Bolek z rodzicami i oczywiście gospodarze imprezy.

– A Jałowiec? – zapytałam, odskubując kawałek nóżki barankowi.

– Chce posiedzieć sam i... jak on to ujął?, „uporządkować to i owo" – wyjaśniła babcia, a mnie zrobiło się trochę smutno. Może nawet poczułam się winna, za te wszystkie razy, kiedy mu dogryzałam. Już wolałabym, żeby się narzucał i drażnił tymi dzwonami w kratę, niż porządkował, schowany w swojej norze. To prawie jak widok babci bez brwi.

– Ale w lany poniedziałek przyjdzie?

– Tego chyba sobie nie odpuści.

I dobrze. Bo co to za lany bez udziału Jałowca. Najpierw dwa wiadra wody na nas, a potem butelka pryty prosto do żołądka. A na drugi dzień wielkie suszenie. My suszymy ciuchy, a Jałowca suszy w gardle.

– Mam nadzieję, że nie zawiedzie – chciałam dodać: „Jak inni", ale widząc minę babci, zmieniłam temat. – Drożdżaki już chyba oblizują sztućce. Idziemy?

*

Siedzimy wszyscy przy największym, przedwojennym stole Drożdżaków. Ja – tuż obok Bolka, ale nawet na siebie nie patrzymy. Tylko, co najwyżej, zerkamy ukradkiem na swoje talerze. Porównujemy, które ma lepszy zestaw. U mnie dużo szynki z chrzanem, a u Bolka jak zwykle korzonki. I trochę sera.

– Wreszcie można wyprostować plecy – rzuca z ulgą tato Bolka. – I wyżerka, widzę, jak z plakatu.

– Podobno w Skandynawii ludzie nie świętują tak radośnie jak u nas – wtrącił nieśmiało pan Sitarz.

– Bo mają te wszystkie pyszności na co dzień – wyjaśnił Bolek.

– Na co dzień? – zdumiała się babcia. – Jak to?

- Normalnie. Kiełbasy mają i szynki. I owoce, jakie tylko zechcą. I sto rodzajów sera, o rybach nie mówiąc. Codziennie to samo.

- To jak odróżniają dzień świąteczny od zwykłego? - zapytała prababcia.

Tego nikt z nas nie wiedział.

- Nic dziwnego, że upadają na Zachodzie obyczaje. Przez dobrobyt. - Drożdżakowa pokiwała głową.

- A mi wczoraj zwinęli z koszyczka jajka i laskę kiełbasy - poskarżyła się mama Bolka. - Na chwilę odeszłam, żeby poprawić kamień obok Grobu. Odwracam się, a w koszyczku tylko chleb, sól i chrzan.

- A mi znowu przybyło dwa kilo, sama nie wiem z czego - odezwała się Drożdżakowa. - Pewnie od patrzenia na drożdżowe.

No to się zaczęło licytowanie, komu jest gorzej.

- A mnie coraz większa cholera bierze, jak włączam telewizor - dodał swoje Drożdżak, drapiąc się po szyi pazurem, którego nie powstydziłby się sam Robinson Cruzoe.

- A ja prawie nie widzę - wyszeptała prababcia.

- Co?! - zawołaliśmy wszyscy.

- Tylko żartowałam - dodała natychmiast, gmerając w misce z sałatką jarzynową.

- No to ja przebiję wszystkich - rzucił tato Bolka, ładując na talerz chochlę majonezu.

- Słuchamy! Dawaj!

- Rok temu zgubiłem nożyczki. I teraz patrzcie, co się będzie działo.

Umilkliśmy, czekając na tornado.

- Skoro o nożyczkach mowa - wtrąciła mama Bolka - mam dla was niespodziankę. Cztery pary nowiutkich, błyszczących nożyczek. Dla ciebie, Bolka i rodziców. Widzą wszyscy? - Przytaknęliśmy. - I od tej pory przez najbliższe dwadzieścia lat nie chcę słyszeć pytania o nożyczki. Zrozumiano? Bo jeśli usłyszę, poleje się krew.

Zrozumiano. Nie padły żadne złośliwostki ani pretensje, że to niesprawiedliwe, bo nawet na Kubie ludzie częściej kupują nożyczki. Mamie Bolka też należy się chwila odpoczynku.

- A teraz, Ania, powiedz, co ciebie spotkało niedobrego. Pochwal się.

Siedzę w ławce sama. Ewelina nie rozmawia nawet na przerwach. Rzuca tylko cześć, miło się uśmiechając. Tak jakby nic się nie stało. I ten jej uśmiech kłuje mnie bardziej niż pusta ławka, milczący telefon i samotne przerwy. Ale jak o tym powiedzieć przy wszystkich? Równie dobrze mogłabym zrzucić z siebie bluzkę i całą resztę.

– Nic takiego – odparłam, dokładając sobie chrzanu. – Mam strasznie dużo nauki i tyle.

210/211

Wczoraj ogłosili, że nie będzie wody. Naszykowałam pięć garnków. Umyłam włosy. A tu proszę, miła niespodzianka. Woda jest. Za oknem również, bo leje jak z cebra. Więc nigdzie nie będę wychodzić. Zwłaszcza że Marek Niedźwiecki znowu zrobił podwójną listę. Mam przed sobą cztery godzinki zabawy. Super, pod warunkiem, że opanuję nerwowe myślenice. Co wcale nie jest łatwe, bo wyobraź sobie, Bolek zrobił mi strasznie głupi kawał. Na prima aprilis. Zadzwonił o siódmej rano i oznajmił, że się we mnie zakochał. I co ty na to? – pyta. A mnie tak zatkało, że mogłam odpowiedzieć tylko jedno. Że zakochałam się w Słoniu. Gdyby tak szybko nie odłożył słuchawki, wyjaśniłabym mu, że to tylko prima aprilis. No i dowiedziałabym się, czy to żart, czy poważna sprawa.

– A co byś wolała? – zapytał pan Wiesiek.

Żeby było jak dawniej. Żeby Bolek przyłaził jak kiedyś, rzucał śnieżkami i opowiadał głupie radzieckie filmy. Żeby dziadek był tu z nami. I żeby Ewelina trafiła do całkiem innej klasy.

– Też bym chętnie zatrzymał licznik.

– Albo nawet cofnął ździebko? – Tak akurat, żeby ominąć kiosk Sądejowej.

– Niestety, możemy pędzić tylko w jedną stronę – westchnął, gmerając koniuszkiem języka w oku. – I co pół roku nowe twarze. Światła! Ledwo się człowiek przyzwyczai, to już egzamin i następna tura. Zaczynam żałować, że za bardzo się przykładam. Wrzuć wsteczny! Bo taki Kapuśniak, na przykład, ma u siebie na kursie repetantów sprzed dwóch lat. A u mnie, jak na taśmie w fabryce. No to co byś wolała, Kropelkówna?

Tego właśnie nie wiem. I dlatego zamknęłam się w szafie razem z moim kasprzakiem. Tam najlepiej mi się myśli. A ja muszę sobie wszystko przeanalizować. Babci już ogłosiłam, że nie ma mnie dla nikogo. Zwłaszcza dla Bolka.

*

Wyszłam na chwilkę po herbatę. Uchyliłam drzwi do kuchni i zobaczyłam Bolka. Tak zgnębionego, że nawet mnie nie zauważył. Wycofałam się szybko do pokoju, przymykając delikatnie drzwi. Nie do końca, żeby słyszeć, o czym mówią. No wiem, to się nazywa podsłuchiwanie. I wiem, że Jan Kamyczek byłby zniesmaczony moim postępowaniem. Ale są sytuacje, kiedy człowiek po prostu musi nastawić ucha.

– Uroda liczy się tylko na początku – odezwała się babcia.

– A widziała pani jakąś miłość bez początku? Ja też nie.

Umilkli oboje. Już myślałam, że Bolek wyszedł.

– Napijesz się herbaty?

– Teraz to bym się wódki napił. Albo wody z rzeki zapomnienia. – Bolek westchnął. – Żeby chociaż ten Słonina naprawdę był super.

– Ja go tu nigdy nie widziałam – przyznała babcia. – Więc nie wiem, czy fajny.

– Proszę pani, on ma takie uściory, jakby codziennie stawiał na nich bańki. Totalny kicz. Jak taki ktoś może się Ance podobać?

– Dziewczyny lubią efekciarstwo – tłumaczyła mu babcia. – Jak oko, to szmaragdowe. Jak rzęsy, to do samych brwi. Nos od linijki. I złote loki.

– No to Słonina wylosował cały zestaw, łącznie z lokami anioła – odparł zrezygnowany Bolek. – Niektórzy to mają szczęście.

– Twoja babcia też je miała. Była jak artystka. I co z tego? Zobacz, jak wygląda teraz. Sto kilo wagi, zadyszka, a po dawnym warkoczu zostały szare strzępy wspomnień. No, a teraz spójrz na waszego dyrektora Słupnika. Zawsze był pośmiewiskiem. Klasową ofiarą. Minęło trzydzieści lat i proszę bardzo. Największa willa w mieście, młoda żona, zagraniczne auto.

– Proszę pani – wydusił z siebie Bolek – mnie guzik obchodzi, co będzie za trzydzieści lat. Ja chcę być szczęśliwy tu i teraz. Nie chcę czekać. Poza tym – dodał ciszej – wolałbym być babcią Drożdżakową niż tym cholernym Słupnikiem. Ona przynajmniej słucha niezłej muzyki.

Teraz wyjdę i mu powiem, że z tym Słoniem to bujda. Co prawda zapraszał mnie do kina, ale ja nie lubię nosów od linijki.

– No nic, trzeba się pogodzić z prawdą, że jedni mają złote loki, superdżinsy i powodzenie u fajnych dziewczyn, a inni po prostu duże okulary.

I wyszedł, zanim zdążyłam mu powiedzieć, że ja właśnie wolę te duże okulary. Przyspawane do jeszcze większego nosa.

Ale na pewno mu powiem. I muszę się pośpieszyć, żeby nie było jak z babcią i Drożdżakową. Odkładały na później bruderszafta. A teraz już żadna sobie nie wyobraża, żeby mogła mówić do drugiej per ty. Babcia i tak zrobiła postęp, że nazywa Drożdżakową panią Gienią. Ale poza tym trzymają kilometrowy dystans, choć nie znam większych przyjaciółek. Ze mną i z Bolkiem tak nie będzie. Wszystko mu powiem, zaraz po niedzieli.

212

Lista dopiero jutro, ale tyle się wydarzyło, że po prostu nie mogę czekać. Zwłaszcza że nie wiem, czy moje serce to wszystko wytrzyma. Więc zanim pęknie, chcę ci wyjaśnić to i owo. Bo potem wiadomo, nieobecni nie mają głosu. A ja chcę, żebyś wiedział, dlaczego nie mogłam zaśpiewać u ciebie w chórku.

Czekałam sobie, aż Młynarska wróci z obiadu i otworzy bibliotekę. Siedzę koło drzwi, obserwując muchę zajętą wiosennym porządkowaniem silnika, aż tu nagle podeszła do mnie Ewelina. Po raz pierwszy od ferii. Podeszła tak po prostu. Stanęła przy ścianie, a potem usiadła tuż obok, na torbie, żeby nie ubrudzić dżinsowych pompek. Przez chwilę milczałyśmy, patrząc na muchę majstrującą przy skrzyni biegów.

– Możemy pogadać?

Nareszcie! Po sześciu tygodniach, tysiącu godzin i ponad trzech milionach leniwie ciągnących się sekund, wreszcie się doczekałam. Jak powinnam zareagować? Wyśmiać ją? Powiedzieć, że się spóźniła o dwie minuty? Zapytać, dlaczego... No właśnie, co dlaczego? Dlaczego moje miejsce zajęła Aśka? Przecież zawsze tam siedziała. A może po prostu odwrócić się plecami i odejść?

– Pewnie, tylko że zaraz koniec przerwy.

– Dlatego będę się streszczać. Widzisz... – Umilkła, jakby zdenerwowana tym, co ma za chwilę powiedzieć. – We wtorek jest test z angielskiego. A dziś był z chemii i...

– ...pół klasy nie zdąży się przygotować, jak zwykle – dokończyłam. – Więc mam poprosić Londona, żeby przesunął sprawdzian, tak?

– No właśnie. On się na pewno zgodzi, tylko musiałabyś popędzić na następnej przerwie, bo potem idzie do domu. To jak?

Mogłabym powiedzieć, że mi się nie chce. Ot tak, bez zbędnych wyjaśnień, za to z miłym uśmiechem na twarzy.

– Dobra.

– Wiedziałam, że się zgodzisz, Ania. Wiedziałam, że nie zawiedziesz klasy. Bo w tych ciężkich czasach musimy być solidarni, wiesz?

Wiem.

– Coś jeszcze? – Podniosłam się, otrzepując z kurzu spodnie.

– Chyba nie... to znaczy... Widzisz, Asia znowu ma zaległości z anglika. Może przy okazji poprosiłabyś Londona, żeby dał jej szansę. Jeszcze jedną. Ona tak chorowała ostatnio i... Poprosisz? Kochana jesteś!

Nie odpowiedziałam nic. Mogłam rzucić jakąś kąśliwą uwagę. Mogłam zapytać Ewelinę, dlaczego mnie odsunęła. Dlaczego nie zadzwoniła od ferii. Nie powiedziałam nic. Wystarczyło kilka słów, które stopiły moją niechęć. Nie mogłam się już doczekać następnej przerwy. Pójdę do Londona. I będę błagać o tę szansę, choć uważam, że Baczyńska nie jest lepsza od Workówny. Ale przecież nie robię tego dla Aśki.

Traf chciał, że musiałam coś załatwić w sekretariacie. I nie zdążyłam. Na następnej przerwie Ewelina podeszła znowu. Z pytaniem o test.

– Nie zdążyłam. Pójdę teraz.

– Anka, on już wyszedł.

– To pójdę w poniedziałek. Co za problem?

– Przecież wiesz, że London nigdy nie przekłada sprawdzianów na dzień przed.

– No to po ptokach. – Wzruszyłam ramionami, próbując ukryć zdenerwowanie.

– Mówisz tak, bo napiszesz na pięć. Masz w nosie słabszych.

– Słuchaj, ja też nie jestem najlepsza z fizyki, ale nie czekam, aż Słoniu wyżebrze dzień czy dwa. Tylko siadam na czterech i wkuwam.

– Takimi słowami tylko udowadniasz, że nie zależy ci na klasie.

– Nikomu nie zależy – poinformowałam ją. Jeśli jeszcze tego sama nie zauważyła.

– Tylko że od przewodniczących wymaga się więcej niż beztroskie przeglądanie „Filipinek" na przerwach – wyrecytowała.

– Wymaga się troski wobec najsłabszych.

151

– Powinnaś napisać biuletyn o roli przewodniczących – zaproponowałam.

– Teraz pokazałaś, gdzie masz ludzi z klasy.

– Dokładnie tam, gdzie miałaś mnie ty, kiedy robiłaś urodziny! – W końcu wyrzuciłam to z siebie.

– Jednym słowem, zemsta?

– Nawet „Zemsta po latach"!

– To nie pierwszy raz, Anka – zniżyła głos.

– Co ty powiesz? Kogo jeszcze próbowałam zniszczyć w szale zemsty?

– Nie próbowałaś, naprawdę zniszczyłaś. Kryśkę. I wcale ci nie chodziło o jej matactwa.

– A o co mi chodziło? Chętnie się dowiem.

– Nie udawaj, że nie wiesz, kim jest jej wujek. To Marian Kolba. Nie wiedziałam. I skąd Ewelina wie o Kolbie? Czy w tej bajklandii da się uchować jakiś sekret?

*

Na historii było zastępstwo z Kojakiem. Zajrzał do nas chwilę po dzwonku, sprawdził obecność, pogrzebał w szufladach Huby, w poszukiwaniu ciekawej lektury.

– O, to wam się powinno spodobać. „Biblia ORMO-wca". Niezły oksymoronik. Pyzula będzie czytać. – Wręczył Olce zniszczoną broszurkę. – Reszta zamienia się w jedno ogromne, czujne ucho. Sporządzacie notatki, potem tworzycie czteroosobowe kolektywy, w których będziecie dyskutować o posłannictwie ORMO-wca w dobie lotów kosmicznych. Mówiąc innymi słowy: żeby mi was nie było słychać na korytarzu. Żadnych pisków i świńskich kwików, bo – przez chwilę zastanawiał się nad wyborem odpowiednio przerażającej kary – popłyną łzy. – Po prostu. – Zrozumiano? Za dziesięć minut sprawdzam, czy wszyscy żyją.

I wyszedł, najpierw zapalić papierosa w swoim kantorku, a potem podręczyć koty z pierwszej e. A my? Dla pozorów (w razie nalotu Słupnika) usadziliśmy Olę, wraz z cenną broszurką, za stołem nauczyciela i zajęliśmy się nadrabianiem zaległości. Słoniu wyjął kanapkę, której nie skończył na dużej przerwie. Domański wziął się za odpisywanie zadań z matmy. Gracje po raz setny przećwiczyły machanie do tłumu. Parę osób chichotało, opowiadając sobie najświeższe plotki. Lekcja, jakich wiele. Nagle Ola przestała czytać. Przez chwilę nikt tego nie zauważył, a potem nagle wszyscy ucichli. A ja już wiedziałam, co będzie.

– Słuchajcie, kochani – zaczęła Ewelina. – Ola chciałaby wam coś ważnego powiedzieć.

Uśmiechnęłam się pod nosem. No tak, jak zwykle chowa się za plecami silniejszych. A może słabszych? Ola odłożyła „Biblię ORMO-wca" i drżącym głosem zaczęła mówić. Poczułam na sobie wzrok wszystkich osób. Wszystkich razem i każdej z osobna. Dlaczego zwykłe, ciekawskie spojrzenia aż tak kłują? I czemu nie mogę po prostu wstać i wyjść z podniesioną głową? Dlaczego siedzę, udając, że dobrze się bawię? Zupełnie jak kiedyś Kryśka.

– Więc teraz już wiecie, kim jest Ania – ciągnęła Ola, pocierając czerwoną z przejęcia szyję. – I dlaczego chciała pozbyć się Kryśki.

– Ale nie wiecie jeszcze – dodała Ewelina – że jej ojciec to...

W tej samej chwili do klasy wszedł Witkowski.

– No brawo, klaso. Po raz pierwszy udało wam się wyłączyć głośniczki. Jestem z was naprawdę zadowolony.

*

– Dlaczego mi nie powiedziałaś? – wrzeszczałam. – Czy w tym domu wszędzie musi się kryć jakiś ponury sekret?

– Nie chciałam, żebyś cierpiała. Poza tym obiecałam mamie.

– Ona nie miała prawa! Tak jak nie miała prawa udawać mojej siostry! A potem wyjechać i zostawić mnie samą! Wśród szkieletów ukrytych w każdej szafie!

– Macie tylko dwie – przypomniała Drożdżakowa. Jak zwykle konkretna i blisko ziemi.

– I wystarczy! – odparowałam, nawet nie próbując powstrzymać łez. – Dwa szkielety to całkiem dużo na bezbronną siedemnastolatkę! Dlaczego żadna z was nic mi nie powiedziała?! Jak ja się teraz pokażę w mojej szkole?

213

Jak ja się pokażę w szkole, w kinie, na rynku, w supersamie, w kościele i w parku? Zwłaszcza w parku!!! Jak oni mogli mi to zrobić? Jak mogli zataić taką ważną rzecz! Teraz już rozumiesz, co czuję? A najgorsze, że moje serce nadal bije, choć powinno przestać na samo wspomnienie tamtej lekcji. Co tu zrobić? W Japonii by wiedzieli: harakiri. Niestety, bajklandia nie jest drugą Japonią, choć bardzo byśmy chcieli. Muszę poszukać domowych sposobów.

W niedzielę wieczorem zjadłam pół kilograma surowych ziemniaków. Obrzydlistwo i na dodatek nie działa. Żadnej gorączki. Mogłabym jeszcze zjeść opakowanie rutinoscorbinu. Ale nigdzie nie mogłam znaleźć. Pewnie prababcia pomyliła sobie z lekiem na wątrobę. Nie mam wyboru, muszę iść do budy. Może jeszcze po drodze złapie mnie jakiś zawał.

Nie złapał, choć powinien. Na widok twarzy, które przywitały mnie po wejściu do klasy. „Przywitały" to chyba nie jest najlepsze słowo. Kiedy szłam między rzędami, ludzie odsuwali się, jakbym śmierdziała czosnkiem.

Zaraz na wychowawczej podniosłam palce i powiedziałam, że chcę coś ogłosić.

– Słuchamy, Kropelkówna, tej dobrej nowiny.

– Dla mnie na pewno. Chcę zrezygnować z bycia przewodniczącą! – wyrzuciłam jednym tchem.

– Jakieś powody?

– Żadnych. – Dosyć skarżenia.

– Klasa ma coś przeciw? Ta cisza ma oznaczać zgodę czy poranną drzemkę?

– Zgodę, panie profesorze.

– Ale i tak zapytam. Kto jest za tym, żeby Kropelkówna zrezygnowała? – Wszyscy podnieśli ręce. Może nawet Lidzia. – Dobrze, to wszystko jasne. –– Kojak odchrząknął. – Cóż, trzeba będzie wybrać nowego wójta. Kogo byście, panie, widzieli, w tej wspaniałej roli? Słucham, Kropelkówna.

– Proponuję Ewelinę – odparłam głośno. Kojak popatrzył mi prosto w oczy. I wtedy zrozumiałam, że wie wszystko.

– Myślę, że to dobry pomysł. Właściwy człowiek na właściwym miejscu. – Uśmiechnął się do siebie. – Podnieście ręce, kto jest za. Wszyscy? W takim razie gratuluję wam nowej przewodniczącej.

*

W środę zgłosiłam, że nie jadę na majową wycieczkę. Po co? Wystarczy, że się męczę w budzie. Wolę wydać tę forsę na dżinsowe kozaczki. Albo na wino dla Jałowca, należy mu się jakiś prezent za te wszystkie lata. Zresztą, powiedzmy sobie szczerze: wolę podrzeć każdy banknot na strzępy, niż wydawać go na wątpliwą rozrywkę z klasą. Nie jestem masochistką. Nie aż taką. Więc na przerwie powiedziałam Kojakowi, że rezygnuję. A potem zgłosiłam to na lekcji. Pod sam koniec, jak mi poradził Kojak.

– Kwasiara! – usłyszałam z pierwszych ławek.

– To nieelegancko wycofywać się w ostatniej chwili – oburzyły się Gracje.

– Przez nią koszty pójdą w górę!

– Jakie koszty? Niech zapłaci jak wszyscy – zaproponował Słoniu.

– Też uważam, że tak będzie lepiej dla klasy – dodała Ewelina.

– Dawaj forsę!

Nie odezwałam się ani słowem. Spojrzałam tylko raz, na Ewelinę. I uśmiechnęłam się, równie bezczelnie jak kiedyś Kryśka. Jeszcze chwila, a usłyszę, że nie ma we mnie woli skruchy i ani grama pokory. Na szczęście zadzwonił dzwonek. Wszyscy wybiegli z klasy. Zostałam sama z Kojakiem.

– Teraz pan profesor rozumie, czemu zrezygnowałam.

– Rozumiem. I wiesz, co? Chyba zrobię to samo.

155

*

W czwartek po lekcjach kupiłam butelkę Stołowej i poszłam wreszcie porozmawiać z Jałowcem. Nie wiem, czy jestem gotowa. Szczerze mówiąc, nie wiem, czy kiedykolwiek będę. Dlatego lepiej odwalić to teraz. Póki mogę wykrzesać z siebie resztki odwagi. Wlazłam do parku i szukam. Ciekawe, że kiedy człowiek nie chce trafić na ławkę muszkieterów, to zawsze się na nią nadziewa. A dziś krążę po żwirowych alejkach i nic. Jakby znikła pod łopianami. Już miałam wracać do domu, kiedy usłyszałam radosny okrzyk. Okrzyk, który jeszcze pół roku temu wywoływał u mnie ciary na plecach.

– Ania! Nie poznajesz kumpla?

– No wreszcie. – Odetchnęłam, podając mu butelkę. – Musimy pogadać w cztery oczy.

– To my pójdziemy po zakąski – oświadczyli dwaj muszkieterowie, podnosząc się z ławki. – Wrócimy za godzinkę. Tylko nie wypijcie wszystkiego, bo będziemy niepocieszeni.

Poszli, kołysząc się na boki niczym marynarze, którzy po latach morskiej tułaczki wygramolili się wreszcie na suchy ląd. Spojrzałam na Jałowca. On na mnie.

– Wiedziałeś? I po to do nas przychodziłeś co środę? Żeby sobie popatrzeć, jak rosnę?

– Nic innego nie mogłem zrobić, Ania. Nawet na alimenty mnie nie stać. – Zaczerwienił się.

– Nie chcę żadnych alimentów. – Żadnej litości. W ogóle niczego. – Jak długo wiesz?

– Od trzech lat. Wtedy przyszedł list od twojej mamy i wszyscy żeśmy się dowiedzieli.

– Wszyscy poza mną – mruknęłam z wyrzutem.

– Prosiła, żeby nic ci nie mówić. Żebyś nie była obciążona.

– Ale i tak już jestem. Wiesz, jak ludzie traktują dzieci, które nie mają ojców?

– Tak samo, jak wszystkich, którzy nie przystają do cukierkowych obrazeczków z „Wesołych kartinek". Dziobią do kości.

– No właśnie. – Urwałam kawałek łopianu i nerwowo nadgryzłam łodygę. Gorzka.

– Zaczęli dziobać? – Pociągnął łyk z butelki. – Przeze mnie?

– Przez wszystko. Przez moją głupotę też – burknęłam. – Nie chcę o tym gadać.

– Nie musimy, Ania. Ale jeśli ten, no... dalej będą, to ja jako ojciec mogę tam pójść i...

– Nie wygłupiaj się – zgasiłam go.

– Przepraszam.

– Co teraz będzie?

– Sam nie wiem – zastanawiał się stremowany Jałowiec, nerwowo trąc tatuaż na lewym przedramieniu. – Jak chcesz, mogę się przenieść do Dziadowic. Tam też jest fajna ławka, blisko Sanu. No i będziesz mieć spokój.

– Nie chcę. Dosyć już rozstań.

– No to... to może przyszedłbym do was na zupę. Na przykład we środę?

214

Poszłam się przepisać na religię. Wlazłam na nogach z waty cukrowej. No bo wiadomo, jaki ksiądz Antoni jest. Zaraz zaczyna grzmieć o dniu Sądu. O anielskich trąbach i zmarszczonych Bożych brwiach. A na koniec schodzi na ziemię i przywala pucowanie zakrystii. I to za zwykłą pyskówkę. Już sobie wyobrażam, co będzie, jak mu opowiem o Kryśce. Burza z piorunami! Zaczęłam żałować, że nie zabrałam ze sobą płaszcza przeciwdeszczowego. Może się jeszcze wycofać?

– No właźże, Kropelkówna, co tak stoisz, jak żona Lota?

Za późno. Trudno, najwyżej zmoknę. Od razu w progu wyrzuciłam, że chcę się przepisać na religię do drugiej e, bo mam dość. Dość tych wszystkich uśmieszków, wymownych spojrzeń, odwróconych pleców i złośliwych uwag wypowiedzianych teatralnym szeptem. A potem opowiedziałam wszystko od początku, od pierwszej godziny, kiedy Nowa weszła do klasy. Ksiądz Antoni słuchał, odchylony w swoim wiklinowym fotelu, uplecionym z taką czułością przez siostrę Bożenę. Kiedy skończyłam opowiadać, otworzył dziennik drugiej e.

– Czwartek, siódma rano – rzucił, dopisując moje nazwisko na końcu listy. – Tylko się nie spóźnij. I przygotuj kilka pytań na rozgrzewkę.

– To, to już... wszystko? – wyjąkałam. A gdzie burza, gdzie krzyki, gdzie zmarszczone brwi?

– A co byś chciała, Kropelkówna? Oklasków?

– Nawet ksiądz nie zapytał, co mną kierowało.

– Zapewne dobre intencje. Takie same, którymi diabli pod-grzewają kadzie z płynnym asfaltem. – Uśmiechnął się. – No i pewnie, jak każdy nastolatek liczyłaś, że zbawisz świat.

– A ksiądz proboszcz nie chce? – Sądząc po ognistych kaza-niach, o niczym innym nie marzy.

– Mnie wystarczy, jak nauczę ludzi porządnie się żegnać. A zbawianie zostawiam Trójce Ekspertów. I tobie, Kropelkówna radzę to samo.

*

A w szkole na razie spokój. Nikt nie nazywa mnie kwasiarą. Nikt też nie odpowiada na moje cześć ani nie informuje o odwo-łanych sprawdzianach. O niczym nie informuje, bo mnie po pro-stu nie ma. No proszę, wreszcie, po tylu latach zdobyłam czaro-dziejski proszek. Co prawda działa tylko na terenie klasy, ale zawsze to jakieś doświadczenie. Na pewno mniej bolesne niż krąg nienawiści. A może niewidzialni czują mniej. Bo nawet ich emocje są przezroczyste i rozwodnione. Muszę zapytać Lidzi, ma dłuższy staż. A właśnie, ciekawe, gdzie teraz siedzi. Zaszyła się tak, że wcale jej nie widać.

– Wyjechała, tydzień temu – oświadczył Kojak, mazakiem wy-kreślając jej nazwisko z dziennika. – Pewnie już poluje na kaj-many pod Karumbą.

– Na krokodyle różańcowe, panie profesorze – poprawił Le-szek.

– Dziękuję za korektę, Domański. Macie u mnie dużego czer-wonego plusa. Przypomnijcie mi, jak będę was pytał z uzbroje-nia.

– To Lidzia wyjechała? Tak bez słowa? – wyrwało się Eweli-nie. – Strasznie szkoda!

– A niby czemu? – zapytał Kojak, zamazując sobie wyżartą przez sól plamkę na lewym bucie.

– Przecież mogliśmy jej urządzić jakąś pożegnalną imprezę – wyjaśniła Ewelina. – Żeby wiedziała, że klasa ją lubiła.

– A lubiła? – Kojak się uśmiechnął. – No to ciekawe, czemu nikt nie słyszał, jak ogłaszała, że wyjeżdża za ocean.

215

Dziś nie będzie gadania o bzdurach. Wiesz, czemu? Bo zdarzyła się katastrofa, na którą tak czekała Drożdżakowa. Przed tygodniem pękł reaktor atomowy na Ukrainie. Powstała ogromna chmura radioaktywna, która przesunęła się od ZSRR aż do południowych Włoch. Rosjanie oczywiście nie zgłosili katastrofy. Dopiero przyciśnięci przez Skandynawów przyznali, że:

1. Pękł sobie jeden reaktor.
2. Zginęło zaledwie dwóch ludzi.
3. Nie ma żadnego zagrożenia dla innych krajów.

I właśnie to ogłosił nam w środę Słupnik. Na specjalnym dziesięciominutowym apelu.

– Jak więc widzicie, nie ma żadnych powodów do paniki. A tym bardziej, powtarzam, tym bardziej do opuszczania jutrzejszego pochodu. Właśnie ze względu na szerzoną przez wrogów propagandę nasze uczestnictwo jest niezbędne. Dlatego wobec tchórzy i leniów, którzy opuszczą pochód, zostaną wyciągnięte odpowiednio surowe konsekwencje. To wszystko, baaaczność!!!

*

Wróciliśmy do klas. Usiedliśmy i w milczeniu czekamy na to, co powie Kojak, jak już się naradzi z Londonem w swoim kantorku. Dwa piwa później Kojak wszedł do sali. Nawet nie otworzył dziennika, tylko od razu kazał nam spakować teczki.

– Za pięć minut wyjdziecie pojedynczo z klasy. Powoli, żeby nie narobić zamieszania. A potem każdy pędzi do szpitala, po płyn Lugola, czyli, słucham Domański...

– Roztwór jodu w jodku potasu – wyrecytował Leszek.

– Zgadza się. Wstrętny w smaku, ale wypiera z tarczycy to radioaktywne dziadostwo. Więc im szybciej łykniecie płyn Lugola, tym lepiej. Gotowi do odjazdu?

– Ale mamy jeszcze angielski – jęknęła Ola. Nie wiadomo, czym bardziej przerażona: niszczycielskim działaniem pyłu czy wizją pierwszych w życiu wagarów.

– Już gadałem z Londonem – uspokoił ją Kojak. – Zgodził się was zwolnić.

– A dyrektor? Przecież mówił, że należy zachować zimną krew, bo nie ma powodów...

– Twój dyrektor, panie, pił płyn Lugola dwa dni temu, u brata na komendzie. Jako jeden z pierwszych. I dobrze wie, co robi z tarczycą radioaktywny jod. Zwłaszcza z młodą tarczycą, taką właśnie jak wasza, koleżanko Baczyńska. I na terenach tak ubogich w jod, jak nasze województwo. Ale guzik go obchodzą wasze tarczyce. A mnie obchodzą, chociaż jako klasy, to was, panie, nie lubię. I dlatego idźcie już.

– A pochód? – wyrwało się Słoniowi. – Mamy być grupą szturmową.

– Jeśli po tym, co się stało w Czarnobylu, chcecie jeszcze robić z siebie idiotów, zapraszam po szturmówki.

– A pan profesor przyjdzie? – zapytałam.

– Chętnie, jak tylko przybędzie do nas na roboty pierwsza partia zubożałych Amerykanów. Albo chociaż Francuzów.

*

Poszliśmy po ten płyn Lugola. Na miejscu spore kolejki, ale bez przepychanek czy histerii. Żadnych scen jak z mięsnego. Żadnego marudzenia, potrącania i narzekań, że przez Kowalską znowu dla nas nie wystarczy. I nikt nie zaprotestował, kiedy lekarz oznajmił, że najpierw poda jod dzieciom i młodzieży. A gdy poprosił, by zgłosili się chętni do pomocy, prawie wszyscy podnieśli ręce.

Czy trzeba aż tak nieludzkiej tragedii, żebyśmy wreszcie zaczęli zachowywać się po ludzku?

216

Wczoraj spadł deszcz i cały pył skumulował się tuż nad ziemią. W półtorametrowej warstwie. Maluchy z przedszkoli wynoszono wysoko na rękach. Dzieci z podstawówki zostały w domu. Prababcia otrzymała zakaz wychodzenia z pokoju. Dziurawiec również, co oczywiście zlekceważył. Machnął ogonem, poprawił krawatkę pod szyją i wymaszerował na randkę. Ja na chwilę musiałam wyskoczyć po gazety (plakat!), ale włożyłam najwyższe szpile, jakie uchowały się w szafie. Zaraz po powrocie wzięłam prysznic, żeby zmyć pył. Ale co wchłonęłam, to moje. A dziś uszczelniam taśmą okna, bo ogłosili, że z powodu deszczów pyłu będzie jeszcze więcej. I zalecili, by podjąć odpowiednie kroki. Prysznic dwa razy dziennie, okna zakleić taśmą, nie jeść na mieście (jakby było co). Nie kupować mleka ani nowalijek i czekać. Mam wrażenie, że te działania przypominają trochę odnawianie zniszczonej kamienicy za pomocą dziecinnych akwarelek. Ale mam wybór? Mam tylko nadzieję, że dzięki elektrowni z Dziadowic nasze organizmy wcześniej zyskały jaką taką odporność. A póki co, skupię się na zalepianiu okien i pilnowaniu, by nikt niepotrzebnie nie otwierał drzwi. Znowu skrzypią. Pewnie Dziurawiec wrócił. Nawdychał się pyłu i teraz będzie szpanować na osiedlu, świecąc w bezksiężycowe noce.

– Nauczyłbyś się wreszcie zamykać drzwi, kocie jeden – mruknęłam, niezadowolona, że muszę ruszać się z fotela.

– Kot już zamyka – usłyszałam w sieni. Głupie żarty. Chyba że ten radioaktywny pył zmienił Dziurawca w człowieka. Chyba tam zajrzę.

– Dziadek?! To naprawdę ty?
– A co myślałaś, że Dziurawiec? Widzę, że nic się nie zmieniłaś. Jak zwykle wierzysz w cuda.
Wierzę! Bo zobacz sam. Dziadek wrócił!

*

– Jak dostałem wasze zdjęcia z Wigilii, to chciałem lecieć zaraz po Nowym Roku.
– Jakie zdjęcia? Przecież tylko Jałowiec robił.
– I wysłał mi kilka.
– Ale one były strasznie zamazane! – To przez trzęsące się ręce i film, kupiony w kiosku u Sądejowej.
– Ale ja na nich zobaczyłem wszystko, co trzeba. Od razu chciałem wsiadać w samolot, tylko mama prosiła, żebym jeszcze został. I pogadał. Bo wcześniej to nie było okazji. Jak ona w domu, to ja roznosiłem mleko, a jak ja wracałem, to ona szła do dziewczynek.
– Do Sheili. Naprawdę taka do mnie podobna?
– Teraz widzę, że nie. Ale kiedy bliscy są daleko, to szukasz ich w obcych, byle nie tęsknić. Zresztą pamiętasz, Anulka, jak było z Dziurawcem.
Pamiętam.

Rok temu Dziurawiec przedłużył sobie randkę. Minął dzień, drugi, a łobuza nie ma. Obeszliśmy wszystkie poletka, obszukali ogródki. Nic. Wreszcie Dziadek wyczaił go na błoniach. I przyniósł, ubłoconego jak siedem nieszczęść.
– To przecież nie jest Dziurawiec! – oświadczyła Drożdżakowa. – Wasz miał obciętą całą łapkę. A ten tylko koniuszek. I zobaczcie na pysk. To nie jest spojrzenie Dziurawca!
– Przeżył stres, dlatego inaczej patrzy na świat – upierał się dziadek. – A łapka może się zregenerowała.
Po tygodniu wszyscy uwierzyliśmy, że to jest Dziurawiec. Właśnie my, którzy znaliśmy Dziurawca najlepiej. Na szczęście oryginał wrócił wreszcie do domu. I wtedy wszyscy zobaczyli, jak bardzo różni się od swojego zastępcy. A Dziurawiec 2 czasem wpada do nas na ryby.

– A co u was? – dopytywał się dziadek, krojąc sobie piętkę razowca.

– Wiem już o Jałowcu.

– I co?

– Nadal nie potrafię nazywać go tatą. Po tym wszystkim to nawet nie wiem, czy go lubię.

Na amerykańskich filmach to wszystko jest takie proste. Córka spotyka matkę po dwudziestu latach i od razu rzuca się jej na szyję. A potem siadają przed ogromnym marmurowym kominkiem i porównują wspomnienia. Pełna harmonia.

– Kto ci powiedział?

– Przyjaciółka z klasy.

– Masz wreszcie przyjaciółkę? – ucieszył się.

– Już nie – rzuciłam, trąc lewe oko. A potem opowiedziałam dziadkowi o wszystkim. O wspólnych powrotach ze szkoły, o lekcjach odrabianych razem, o mądrym uśmiechu Eweliny, o czekaniu na jeden marny telefon, o tym, że babcia ciągle jest zajęta, a Bolek się obraził, o samotnych powrotach, o nienawiści tych, którym jeszcze rok temu pomagałam wyżebrać trójkę. Opowiedziałam o wszystkim. O Kryśce też i o niewidzialnej Lidzi, którą teraz świetnie rozumiem, ale już za późno. I po raz pierwszy od zimy poczułam ulgę.

217

Podobno w kinach będą nam teraz puszczać „Spokojnie, to tylko awaria". A w telewizji „Dawkę większą niż życie". Oczywiście wiem od pana Wieśka. Powiedział mi zaraz po egzaminie. Bo ty jeszcze nic nie wiesz, Chris. Zdałam egzamin na prawko! Za pierwszym razem, choć przy cofaniu przez pomyłkę włączyłam długie światła, łokciem. Pan Wiesiek przekonał egzaminatora, że to wina malucha.

– Ciągle się psuje i tylko stres niepotrzebny dla uczniów. Mi też się włącza, mogę pokazać.

– To niech już lepiej dziewczyna pokaże

– Panie inżynierze! – oburzył się Wiesiek. Wielki obrońca moralności.

– Niech pokaże, jak jeździ na mieście. Wam, Grzegorski, to tylko jedno w głowie.

Ruszyliśmy na miasto. Pan Wiesiek, mokry z przejęcia, mrugał mi okiem przed każdym znakiem „stop". Godzinę później usłyszałam, że okej. Mam tylko pamiętać o tych długich. Odwieźliśmy egzaminatora do domu. A teraz wracamy, zostawić auto na placu.

– Ostatnia wspólna jazda – odezwał się pan Wiesiek. – A kiedy samodzielna?

– Za siedem lat, chyba że stanie się cud i wygram w loterii samochód.

– Zleci – pocieszył mnie pan Wiesiek. – Patrz, jak szybko minęło te pół roku.

– No. Jeszcze nie tak dawno kosiłam słupki na manewrowym, a teraz?

– Kierownica pełną gębą. A ja od jutra zaczynam tresurę nowych kotów. Szkoda. – Pociągnął nosem.

– Mógł pan tak nie walczyć, to bym oblała i byśmy dalej sobie jeździli. Cały następny miesiąc.

– Nie lubię naciągać ludzi na niepotrzebne koszty. Poza tym pewnych rzeczy nie da się przeciągać w nieskończoność, Kropelkówna. Nam było dane te pół roku i dobrze. – Zlizał językiem maleńką łezkę. – Chociaż przyznam, liczyłem na więcej przyjemności.

– Mogę czasem zadzwonić? – zapytałam, nerwowo szukając chusteczki.

– Możesz, ale nie zadzwonisz. I tak ma być. Takie jest życie. Dobrze, jeśli mnie poznasz na ulicy.

– Zawsze poznam – zapewniłam. I zawsze będę pamiętać.

– Dobra, dobra. Trzymaj się, młoda, i nie dawaj byle komu Ani Kropelki.

– Nie dam – podałam mu łapę uciapaną łzami i tuszem. A potem pobiegłam do domu, porządnie się wypłakać.

*

Ale po drodze przypomniałam sobie, że muszę zrobić to, co odkładałam od tygodni. Odwiedzę Bolka i przeproszę za wszystko. A przy okazji pogratuluję piątek na maturze i pochwalę się prawkiem. I będzie znowu jak dawniej. Pognałam na trzecie piętro, zadzwoniłam trzy razy, jak zwykle. Otworzył mi tato, wbity w swoją ulubioną siatkę, ciasno niczym wędzona szynka.

– Cześć, Julio! – powitał mnie jak zawsze. – Słyszałaś dobrą nowinę?

Napięłam wszystkie mięśnie. Nowiny, które tato Bolka uważa za dobre, potrafią zmienić krew w kawałki czerwonego lodu.

– Z powodu deszczu będzie o połowę mniej truskawek niż rok temu. Tym samym rozwiązuje się problem braku łubianek. A powiadają, że przyroda walczy z człowiekiem socjalizmu. Tylko co my będziemy jeść w czerwcu?

– Zdaniem inżyniera Bigosa wszystko da się zastąpić pęczakiem.

– Albo trawą. – Tato Bolka uśmiechnął się szeroko. – A propos strawy, ja cię jeszcze niczym nie poczęstowałem. Co byś zjadła?

– Tylko nie ser.

– W tym tygodniu nie kupowałem. Mamy za to strasznie dużo jajek. To po sadzonym?

– Niech będzie. Zdałam dziś egzamin na prawo jazdy – pochwaliłam się, czekając aż tato Bolka roztopi na obdartej patelni ostatni kawałeczek masła.

– A oczy masz takie, jakbyś oblała z kretesem. Aż bałem się zapytać. Myślałem, że może w klasie kłopoty.

– Słyszał pan o Kryśce?

– Bolek mi mówił, że brałaś udział w jakiejś podejrzanej akcji. Chyba się przypaliło.

– Brałam.

– A można wiedzieć, czemu? – zapytał, odskrobując smętne farfocle przypalonego jajka.

„Bo liczyłam na przyjaźń" – powinnam powiedzieć, ale nagle poczułam się jak kobieta zrobiona w konia przez oszusta matrymonialnego. Niby to oszust powinien się wstydzić, a jednak to ona wydaje się wszystkim żałosna i nic niewarta. I to z niej nabijają się ludzie. Z jej naiwności i głupiej nadziei.

– Bo myślałam, że coś się zmieni.

– I jak efekty? Lepsze niż nasze sadzone?

– Wolę, żeby było po staremu – przyznałam. – Dlatego przyszłam pogadać z Bolkiem.

– To dobrze się składa, bo dziś wraca z Warszawy.

– Z Warszawy? – Od kiedy Bolek jeździ po ciuchy do Hofflandu?

– Ty nic nie wiesz, Ania? On tam zdawał egzamin na medycynę. Do Chin.

218

Dlatego miał egzaminy o ponad miesiąc wcześniej niż reszta maturzystów. Żeby w razie czego móc spróbować gdzie indziej. Ale w wypadku Bolka nie można liczyć na żadne „w razie czego". We wrześniu wyjeżdża do Pekinu. I wróci dopiero za sześć lat. Może siedem, a najpewniej nigdy. Dlaczego nie zadzwoniłam wcześniej?!

– To by nic nie dało, Ania. Uznałem, że będzie lepiej, jak przestanę ci się narzucać, skoro Słoń...

– Ze Słoniem to była bujda. Grubymi nićmi szyta.

– Ja uwierzyłem. – Bolek spuścił głowę. – Poza tym Kryśka potwierdziła, że Słoniu cię podrywa.

– Zaprosił mnie raz do kina i to wszystko. A jak mu odmówiłam, tępił mnie bardziej niż Ewelina. Naprawdę musisz jechać?

– Przecież ci na mnie nie zależy.

– Zależy! – Nawet nie wie, jak bardzo. Bo teraz zrozumiałam, że bez Bolka bajklandia będzie martwa. Naprawdę martwa. A ja przestanę istnieć. Zniknę jak Lidzia. I już tęsknię!

– Mówisz tak, bo wyjeżdżam.

– Przecież jak tu przyszłam, nic nie widziałam o tych cholernych Chinach! – krzyknęłam. – Po prostu przez ostatnie tygodnie dotarło do mnie, że jesteś moim największym przyjacielem. Największym i jedynym. I żałuję tylko, że cię odsunęłam dla...

– Może dobrze, że odsunęłaś, bo z odległości niektóre rzeczy lepiej widać, Ania.

– Więc już widzę wszystko jak pod mikroskopem! – zapewniłam. – I wiem, że nie chcę cię stracić.

– Bo jestem twoim przyjacielem? – Kiwnęłam głową. – Ale nic więcej do mnie nie czujesz.

– Ja już zupełnie nie wiem, co czuję! Wszystko mi się pogmatwało! Nie wiem, co czuję do mojej mamy, nie wiem, czy kiedykolwiek pokocham własnego ojca. I do ciebie, też nie wiem, co czuję.

– Dlatego wyjeżdżam, Ania. Żebyś sobie wszystko poukładała. I żebym ja też sobie poukładał to i owo. A jeśli jest nam pisane, żebyśmy byli razem, to za dziesięć lat będziemy.

– Za dziesięć? – Rozpłakałam się. – Za dziesięć lat to już będzie po wszystkim.

– Na pewno będzie za późno na założenie kapeli rockowej – wtrącił tato Bolka. Zajrzał na chwilę, żeby zdopingować mnie do walki.

– Czemu akurat medycyna? Przecież marzyliśmy o historii sztuki! – przypomniałam, wycierając łzy rękawem bluzki.

– Bo mu na plenerze powiedzieli, że w jego obrazach widać chirurgiczną precyzję – wyjaśnił tato, podając mi chusteczkę. – I to wystarczyło.

– Bo chcę być komuś wreszcie potrzebny – wydusił Bolek i zaraz dodał. – Poza tym dobrze mieć konkretny fach.

– A sztuka?

– A sztuką zajmę się po godzinach. Dzięki temu nigdy mi się nie znudzi.

– Nie chciałbym się wtrącać, synu, ale w pewnym wieku nie ma za dużo tego „po godzinach". Może lepiej połączyć pasję z zawodem?

– Nie będę żadnym perkusistą! – zirytował się Bolek. – Nie mam poczucia rytmu i wcale nie chcę być sławny, rozumiesz? Chcę być tylko szczęśliwy. I dlatego wyjeżdżam.

*

Ale będzie pisał i dzwonił. I na pewno zajrzy na wakacjach. A ja i tak się boję, że czas dany nam obojgu już się kończy. I tylko mi szkoda, że tak głupio zmarnowałam ostatnie tygodnie.

– Nie da się wykorzystać każdziutkiej sekundeczki, duszko – pocieszyła mnie prababcia. – Zawsze coś się uroni, coś zmarnuje. Popełni jakiś błąd.

– Łomójboże, żeby tylko jeden – dodała Drożdżakowa. – Całe nasze życie to bolesna wędrówka przez błędy.

– I wieczna walka z wiatrakami – dorzuciła swoje mama Bolka, nie precyzując, co rozumie przez „wiatraki". Nożyczki, beztroskiego męża czy opór materii.

– To mi przypomina kazanie, które wygłosił dawny proboszcz, jak brałam ślub z moim Jasiem – odezwała się prababcia. – Zaczął od tego, że stoimy przed ołtarzem pełni radości i nadziei. I dobrze, że mamy jej aż tyle. Bo będzie nam potrzebna, kiedy pojawi się pierwsza kłótnia, potem następne. Kolejne rozczarowania, troski, łzy bezsilności, kłopoty z pieniędzmi, bezsenne noce, różne pokusy. A wreszcie choroby i śmierć. Szkoda tylko, że zapomniał powiedzieć o tych jasnych chwilach. Więc przestańcie straszyć Anię.

– A kto tu straszy? – oburzyła się Drożdżakowa. – Jakbym mogła powtórzyć tę wędrówkę, to ani chwili bym się nie zastanawiała. Mój to samo.

– Wiatraki są zawsze, ale co zrobić – wtrąciła mama Bolka. – Trzeba odważnie kroczyć dalej. Do przodu. – Jakby można było w inną stronę.

– Teraz najważniejsze, to odejść z godnością z mojej klasy – mruknęłam. – Chyba mam już dość noszenia czapy niewidki.

– Z godnością i pompą – podsunęła Drożdżakowa. – Żeby zapamiętali do końca życia.

– I jeden dzień dłużej – dodał Drożdżak.

– Tylko jak to zrobić, skoro jestem dla nich przezroczysta?

– Coś mi się wydaje, że mam pomysł – powiedział tato Bolka z uśmiechem. – Wreszcie się na coś przyda mój „Mały drukarz".

219

Już myślałam, że nie wyrobimy z czasem. Ale zdążyliśmy, dosłownie na styk. A wszystko dzięki temu, że mieliśmy precyzyjny plan. I zręczne palce Bolka.

PRECYZYJNY PLAN

Niedziela

Jadę z panem Sitarzem po jego remingtona z lat dwudziestych. Tato Bolka przynosi ze strychu Drożdżaków „Małego drukarza". Babcia wybiera trzy jajka, a potem schodzi do piwnicy po odpowiednio jędrne ziemniaki. Drożdżakowa zdobywa od sekretarki Mariana Kolby cztery arkusze kredowego papieru (za obietnicę imponującej trwałej). Drożdżak pożycza od kumpla pięć listów z ambasady (negatywne rozpatrzenie odwołania w sprawie wizy). Dziadek wygrzebuje z szuflady trzy fikuśne kremowe koperty, które znalazł podczas zamiatania podwórka na Green Poincie. Bolek ćwiczy podpis rudego robota.

Poniedziałek

Dziadek biegnie po tusz do papierniczego. Babcia gotuje jajka na twardo. Tato Bolka składa na drukarzu najprostsze z pieczątek. Ja układam tekst (potwierdzenie otrzymania wizy i terminu rezerwacji miejsca w samolocie na dzień 2 czerwca 1986). Mama Bolka wypisuje na kopertach adres bajklandzkiej komendy.

Próba przekopiowania pieczątek za pomocą jajka wypada zadowalająco. Niestety, tylko na kopertach. Papier kredowy wymaga bardziej precyzyjnych narzędzi. Do akcji wkracza Bolek. Wycina w ziemniaku pieczątkę ambasady. W tym samym czasie mama Bolka przepisuje ułożony przeze mnie tekst. Prababcia odmawia różaniec za powodzenie całej sprawy.

Decydująca chwila. Bolek zanurza ziemniaka w tuszu. Pierwszy odcisk – pełna zacieków porażka. Drugi – lepiej. Trzeci – doskonale. Pozostaje dodać pieczątki produkcji taty Bolka, złożyć stosowne podpisy i już! Jałowiec wznosi toast.

Wtorek

Świt. Jesteśmy z Bolkiem na Dworcu Centralnym w Warszawie. On idzie poszukać najbliższej poczty, skąd (udając gońca ambasady) nada polecony do bajklandii. A potem odwiedza Ambasadę ChRL, złożyć papiery potrzebne do wyjazdu. Ja pędzę zająć kolejkę przed Domami Centrum. Spotykamy się o dziewiątej na drugim piętrze. Udaje nam się wywalczyć amarantowe spodnie zwężki, kaczożółtą spódnicę, turkusową bluzkę z dekoltem w łódkę (a nawet łódź) i jeden kolorowy kolczyk. Zjadamy lody Bambino i wypijamy po szklance chlorowanej truciznyz saturatora. Potem bieg na pekaes. O ósmej wieczorem jesteśmy w bajklandii.

Środa

Zaczynam się zachowywać jak Tadek Gorczyca. Rozmarzone spojrzenie, brak podręczników i beztroskie podejście do zadań domowych. A poza tym? Czekamy.

Czwartek

Czekamy, obgryzając nerwowo pazury (każdy własne).

Piątek

Chyba już po ptokach...

Sobota (pracująca)

A jednak nie. Pięć minut przed końcem lekcji Słupnik oświadczył, że z radością nam udostępni salę gimnastyczną na zabawę z okazji Dnia Dziecka. Potem skinął na Ewelinę. Wstała, poprawiając bluzkę z gniecionki.

– Jako przewodnicząca chciałabym dodać, że będzie nam przyjemnie połączyć zabawę z imprezą pożegnalną dla naszej wspaniałej koleżanki, Ani Kropelki. I mamy nadzieję, że pan dyrektor również zaszczyci nas swoją obecnością.

Co zrobiła Ania Kropelka? Podziękowała, udając absolutne zaskoczenie. A potem wyszła, przygotować się do Dnia Dziecka.

DZIEŃ DZIECKA

Są już wszyscy. Gracje, równie sztywne, jak dekoracje na ścianach sali. Ola w stroju galowym. Słoniu odstawiony w turecką kurtkę z siateczkami á la Michael Jackson. Adaś Biedronka – zawstydzony. Słupnik w dobrym humorze. Baczyńska nieobecna. Domański zajęty podjadaniem pączków. Huba podekscytowana pierwszą w życiu trwałą. Tuż obok Ewelina. Podeszła pierwsza, żeby mi pogratulować. Grunt to pozory. I przyjazny uśmiech.

– Tak się cieszę, że przyprowadziłaś Bolka. Zawsze go lubiłam.

– A on ciebie wcale. I miał rację.

– Nie ciekawi cię, czemu to zrobiłam? – zapytała, nie przestając się uśmiechać.

– Nie ciekawi. A wiesz, czemu? Pomyśl, pomyśl.

I poszłam przywitać się z Kojakiem. Obok stał London ze sportem w ustach. Zaraz mnie zapewnił, że on też się wybiera, do Anglii. Od siedmiu lat, ale ciągle coś mu staje na przeszkodzie. Jak nie z paszportem kłopoty, to żona straszy samobójstwem. No i książek, wywalczonych z takim trudem, szkoda.

– Na słownik Hornby'ego czekałem pół roku, na „Grę w klasy" rok, to Londyn też może poczekać, nie? Co innego ty, młoda krew. Jeszcze sobie skompletujesz niejedną biblioteczkę.

– Pan profesor też może.

– W pewnym wieku trudno zaczynać od zera. Ale jak się wkurzę, to wezmę i wyjadę. Póki jeszcze można.

– No właśnie, Aniu, gdybyś tak pamiętała o zaproszeniu – zaświergotała Huba. – Ja co prawda tej Ameryki nie lubię, ale może warto tam coś zwiedzić?

– Będę pamiętać, pani profesor.

– To strasznie dziękuję – ucieszyła się Huba, zaczerwieniona z radości aż po końce sfilcowanych włosów. – Wiesz, ja cię za-

wsze ceniłam jako uczennicę. Miałaś swój styl. Bardzo rozpozna-
walny.

– Naprawdę? – przestraszyłam się.

– W twoich wypracowaniach było zawsze tyle fantazji. Tyle
nieprawdopodobnych zdarzeń... a jednak człowiek przyjmował
je bez mrugnięcia okiem.

– No, fantazji, Kropelka, to ci nigdy nie brakowało – przyznał
Słupnik. – Z tymi kapciami, na przykład. Tak mnie, dyrektora,
zażyć. Genialne. Dlatego od razu ci wybaczyłem.

– Miło to słyszeć, panie dyrektorze.

– Długo będziemy cię tu pamiętać. Ale i ja mam nadzieję, że
o nas nie zapomnisz. Tu przygotowałem ci adres. I jeszcze sekre-
tarka prześle poleconym do domu. No, to gratuluję stypendium!
– Poklepał mnie po ramieniu i wyszedł złowić paru ochotników
do koszenia trawnika.

– Udało się z tym stypendium, co? – odezwał się Kojak.

– Najwyraźniej, panie profesorze.

– Teraz powinienem cię zapewnić, jak bardzo się cieszę
i w ogóle. Ale zapomniałem kupić wazelinę.

– Może dyrektor trochę panu profesorowi użyczy. Albo magister Huba. Wzięła całą tubkę.

Kojak uśmiechnął się.

– Chyba nie skorzystam

– Nie cieszy się pan, że jadę?

– Nie miałaś wyboru, Anka. Choć miałem nadzieję, że ten
ostatni tydzień jeszcze wytrzymasz. A potem. Potem to i ja daję
dyla. Tyle że bliżej, bo do Dziadowic.

– Nawet pan profesor nie wie, jak się cieszę. I będę pamiętać, na pewno.

– I o mnie też, co? – poprosiła nieśmiało jedna Gracja. – Bo
wiesz, ja ci chciałam mówić „cześć", ale było mi głupio tak się od-
cinać od dziewczyn.

– Rozumiem.

– Tu ci napisałam swój adres i jak się zadomowisz, to...

– Masz już nakręconą jakąś pracę? – zainteresował się Słoniu,
bawiąc się kluczykiem od motorynki.

– Będę asystentką w bibliotece – rzuciłam, patrząc mu prosto
w oczy. – Ale tylko parę godzin, wiesz, bo przecież czeka mnie
szkoła.

– Słyszałem. Stypendium, te sprawy. Powiem ci, Anka, że ja zawsze w tobie widziałem potencjał.

No proszę, mnie nie dostrzegał, ale potencjał zauważył.

– No i?

– Może byśmy zrobili jakiś interes. Mała firma polonijna – zaproponował. Tak po prostu. A co się będzie bawił w przepraszanie.

– Pomyślę.

– To pomyśl, pomyśl. Tu masz mój adres, jakby co. Tylko nie zgub.

– Mój też byś wzięła, co? – poprosił Adaś Biedronka, zawstydzony.

– Tylko mi nie mów, że też widziałeś potencjał, bo coś mi się stanie.

– Nic nie widziałem, Anka. I tego właśnie żałuję. – Wcisnął mi kartkę do ręki i uciekł.

– Coś ty tam napisała w tym zawiadomieniu? – zapytał szeptem Bolek. – Miałem wrażenie, że Słupnik zaraz wyjmie kolorową piłkę i zacznie się przed tobą popisywać jak foka w cyrku.

– Ważne, że działa. Zobacz, ile dostałam karteczek z adresami.

– Też coś dla ciebie mam. – Sięgnął do kieszeni. – Miałem ci dać we wrześniu, ale skoro wyjeżdżasz już jutro. – Mrugnął.

– Tylko nie mów, że to kolejna karteczka. – Otworzyłam szarą kopertę. – Co to jest?

– Julia Manet, Renoira. Przerysowałem ci z albumu od kumpla.

– To dlatego Julia.

– No. – Przygryzł usta, zawstydzony.

– Bolek, gdybym tylko... – Tyle zdołałam wykrztusić, bo nagle strasznie, przeokrutnie ścisnęło mnie w gardle.

– Anka, jeśli uznasz, że... że to ma sens, to ja mogę w każdej chwili wrócić. Rzucę wszystko i wracam. Tylko do niczego się nie zmuszaj. I bez pośpiechu.

– Do niczego nie będę się zmuszać – zapewniłam, ściskając mu dłoń. – Obiecuję.

– I żadnej litości.

– Będę bezlitosna. I szczera do bólu.

– Dzięki. – Pogłaskał mnie po rękawie. – A teraz chodźmy, bo już ustawiła się kolejka z adresami.

Poszliśmy, trzymając się za ręce. „Gratulacje, Ania!", „Tak się cieszę!", „Wierzyłem w ciebie od początku!", „Tu masz mój adres", „Głupio wtedy wyszło", „Chciałam ci mówić «cześć», ale wiesz, jaka jest klasa", „Jakbyś mogła zadzwonić", „Nie zapomnij o nas", „Ale ci dobrze".

– A my mamy jutro ostatni sprawdzian – westchnęła Ola, zmartwiona, że nie powtórzyła akapitu z dwudziestej strony.

– Ty pewnie będziesz już w Warszawie? – zainteresował się Domański.

– No właśnie, co będziesz robić jutro rano? – zapytały Gracje.

Jutro rano? Przyjdę do szkoły. Jak zawsze.